# Mörderische Sauerländer

## SCHLAG 6

Krimi-Häppchen

Verlag Wortspiel Literatur e.V.

ISBN  978-3-935500-13-5

Alle Rechte beim Herausgeber
Verlag Wortspiel Literatur e.V.
Menden (Sauerland)
Umschlaggestaltung:
Frank W. Kallweit

Gedruckt in Deutschland

September 2013

INHALT

Frank W. Kallweit

**Lecker Pilsken
(Tatort Iserlohn)**

Es war Samstag. Heinz hatte seine Frau auf dem
Markt zurückgelassen, wo sie noch einige Le-
bensmittel für das Wochenende kaufen wollte. Er
selbst nutzte diesen Freiraum, um die Kneipe mit
dem ungewöhnlichen Namen Nordstrand aufzu-
suchen. An sich mag der Name für eine Gaststätte
nicht ungewöhnlich sein, aber diese lag vom
Wasser weit entfernt. Er musste nur ein Stück die
Mendener Straße entlang, schon stand er vor der
Eingangstür seiner Stammkneipe. Nordstrand war
eine richtige Kneipe, wie man diese vor Jahren
noch an jeder Ecke der Stadt fand. Der Wirt begrüßte jeden Gast mit diesem einen Wort: „Pilsken?“ Dieses eine Wort sollte so viel bedeuten
wie: „Schönen guten Tag! Wie geht's? Haben Sie
einen Getränkewunsch? Soll es vielleicht ein Pils
sein?“ Also mit „Pilsken“ hatte der Wirt alles
zum Ausdruck gebracht, nach Sauerländer Art,
kurz, prägnant, zielgerichtet, eben kein Wort zu
viel. Gleichzeitig wies der Wirt auch auf das typi-
sche Hauptgetränk der Retrogaststätte hin. In den
von rustikaler Eiche dominierten Räumen wurde
das Pilstrinken zelebriert. Was für den Japaner
die Teezeremonie im Teehaus, das ist für den
Sauerländer die Pilskur in seiner Stammkneipe.
Doch Vergleiche hinken oft. Der, der am Zapfhahn der Kneipe Nordstrand stand, der Wirt Hel-

mut, erinnerte nicht im geringsten an eine zierliche Geisha. Seine Stimme übertönte alles und war in einem entsprechenden Resonanzkörper beheimatet. Die Aufschrift seines T-Shirts „Bier formte diesen Körper“ war Ausdruck eines etwas anderen Körperkults. Hier herrschte das Deutsche Reinheitsgebot und wurde mit jedem Bier durch die Doktrin des Sieben-Minuten-Pils zelebriert. Akzeptierte man diese unumstößliche Grundregel, so konnte schnell eine Thekenfreundschaft geschlossen werden. Außenseiter blieb jedoch, wer mit irgendwelchen Zusätzen versetzte Biergetränke oder gar Alcopops bestellte. An diesem Ort hießen die Tapas noch Mettschnittchen und Frikadelle. Hier konnte Mann noch Worte wechseln, wurde nicht übertönt von lauter Musik, nur ab und zu die Melodie des Glückspielautomaten wurde als Begleitmusik geduldet. An diesem Ort versammelten sich meist die männlichen Gäste mit Lebenserfahrung. Genau zu dieser Gruppe der Best Ager oder Generation 50+ gehörte auch Heinz. Er betrat den Schankraum mit einem lauten „Hallo“ auf den Lippen. Heinz schaute von der Tür zu einem Stehtisch. Dieser trug ein Erkennungszeichen, auf der Mitte der Tischplatte stand ein bunter Wimpel mit der Aufschrift „Stammtisch der Thekenturner“. Diesen Wimpel hatte Heinz‘ Frau bestickt. Da er so oft in der Kneipe war, sollte er wenigstens dort beim Anblick der Handarbeit an sie denken.
An dem Tisch stand bereits Knolle, ein Freund aus Kindertagen, mit dem er schon gemeinsam

die Schulbank der Grundschule gedrückt hatte. Knolle hatte den Spitznamen aufgrund seiner großen rund geformten Nase erhalten. Diese Form hatte die Nase bereits zu Kindertagen und war nicht etwa das Ergebnis des Biergenusses.

„Na, wie geht's?", begrüßte Heinz seinen Freund.

„Geht so! Und dir?", erwiderte Knolle.

„Muss", war die kurze Antwort.

„Wie, muss? Hab auch nur zwei Hände!", war laut die Stimme des Wirtes zu hören.

„Nee, ob's geht", versuchte Knolle richtigzustellen.

„Klar geht's. Nur nich drängeln! Sieben Minuten braucht's schon!", kam die prompte Erwiderung.

„Bisschen durch 'n Wind", sprach Heinz mit gedämpfter Stimme an seinen Freund gerichtet, damit Wirt Helmut nicht mithören konnte.

„Is ja auch schon richtich was los", gab Knolle zur Antwort.

Dabei schauten sich beide im Gastraum um.

„Alle auf der Flucht. Ich hab ja meine Trudi auch schon am Markt abgesetzt", versuchte Heinz den Besucherandrang zu begründen.

„Weißte, eigentlich hamm we so richtich Schwein?"

„Wieso, ich hab doch kein Frikadellchen bestellt?"

„Glück, mein ich, dass we hier sind!"

„Lecker Pilsken, woll", der Wirt stellte zwei gut gefüllte Biergläser auf den Tisch.

„Jau, jetzt weiß ich, watte meinst, Prostata", mit diesen Worten verschwand der kühle Inhalt im Schlund der Gäste.

Die Gläser waren gerade erst geleert worden, da nahte bereits die nächste Runde, die mit denselben Worten serviert wurden:  „Lecker Pilsken, woll!"

Der Inhalt verschwand wieder binnen Sekunden in den gut genährten Körpern. „Lecker is anders", Knolles Kommentar. Wirt Helmut, der bereits auf dem Weg zu den anderen Gästen war, wendete sich umgehend auf dem Absatz um. „Wie anders?", durchdrang seine Stimme laut den gesamten Raum. „Isn bisschen zu kalt", ergänzte Knolle. Helmut schaute beide ziemlich sauer an. „Nur ein Grad, oder so", versuchte Knolle seine Kritik abzuschwächen. „Ne, von ne Klima passt das", dabei schaute Heinz auf sein leeres Glas. „Der Schaum isn bisschen", setzte Knolle erneut an, „bisschen zu fluffig." „Häh?" Helmut unterstrich diesen lauten Urton mit einem bösen Blick. „Zu fluffig halt, und zu viel Kohlensäure. Macht son Brennen im Abgang", die Stimme der Kritik wurde etwas leiser. „Das is nur die Prostata", mit einem Lächeln wollte Heinz die beiden beschwichtigen. „Mensch, das Brennen is im Hals", ergänzte Knolle. „Ich glaub, euch geht's nich ganz gut. Abgang, ihr werdet gleich nen Abgang machen!" Helmut schien irgendwie gereizter als sonst. Im nächsten Moment öffnete sich die Kneipentür. Eine Gestalt mit Bundeswehrparka und Bommelmütze bekleidet betrat die Kneipe.

„Hier kommt Kurt", kündigte die Person ihr Er-
scheinen an und blieb bei diesen Worten an der
weit geöffneten Tür stehen. Der Geräuschpegel
hatte sich gesenkt. In der Gaststätte war es still
geworden. Alle Blicke waren auf die Tür gerichtet. Eine weitere Person betrat den Raum. Langsam und wackelig, auf einen Gehstock gestützt,
näherte sich ein alter Mann im Zeitlupentempo.
„Super, weiter so, gleich bisse da", feuerte Kurt
den alten Mann an. Gäste und Wirt hatten ausreichend Zeit den alten Mann genau zu mustern. Der
Neuzugang war mit einem blauen Trainingsanzug
und einem schwarzen Wollmantel darüber bekleidet. Seine Füße steckten in Filzpantoffeln.
„Wer ist das denn?", fragte Helmut ungläubig.
„Neuer Stammgast", gab Kurt zur Antwort. Nach
einer Handbewegung, mit der er den Geisteszu-
stand von Kurt bezweifelte, bewegte sich der
Wirt in Richtung Tresen. „Haste ne Geisel im Se-
niorenheim genommen?", wollte Knolle wissen.
Heinz und Knolle waren auf die Antwort ge-
spannt. Kurt war immer für eine Überraschung
gut. „Das is Oppa!", erklärte Kurt mit kurzen
Worten. Heinz und Knolle nickten stumm zur
Begrüßung des neuen Gastes. „Muss ich drauf
aufpassen. Ging wirklich nich anders, ehrlich.
Oppa is ja auch froh, wenn er mal anne frische
Luft kommt und was vonner Welt sieht. Sonst
döst er nur in seinem Sessel. Guckt ‚Verbotene
Liebe‘, ne Oppa", bei den letzten Worten sprach
er recht laut in Richtung seines senilen Begleiters.
„Oppa, ‚Verbotene Liebe‘", da guckste jede Fol-

ge, woll?" Da keine Regung gezeigt worden war, wurde die Lautstärke noch einmal erhöht. „Für frische Luft und große Welt haste dir ja den richtigen Ort hier ausgesucht", grinste Heinz. Kurt war mittlerweile damit beschäftigt, für Opa einen geeigneten Lagerplatz zu finden.

„Heute is Oppas Strandtag, woll?", brüllte er ziemlich laut den alten Mann an. Mit diesen Worten schob er den Körper seines Begleiters, der sich vergeblich zu wehren suchte, auf eine Eckbank. Er verkeilte ihn in eine Ecke des Sitzmöbels. Anschließend baute er aus Stuhl und Tisch ein für den Senior unüberwindbares Hindernis. „Passt, wackelt und hat Luft. So, jetzt mach schön deinen Mittagsschlaf", redete Kurt auf die fixierte Person ein. „Mit deinem Fachwissen und deiner einfühlsamen Art kannste ja ganz groß in die Seniorenbetreuung einsteigen", Heinz missbilligte mit diesen Worten das Verhalten seines Stammtischbruders. Wenig später war bereits deutlich ein Dauerschnarchton aus der verbarrikadierten Ecke zu vernehmen. „Siehste, ich weiß doch, was das Beste für Oppa is!", triumphierte Kurt lautstark. „Mann, immer schleppste hier wen an", Knolles Kritik sollte nicht lange auf sich warten lassen. „Wir suchen doch noch Nachwuchs für unsern Stammtisch hier", suchte Kurt mit Witz die Lage zu entspannen. „Is ja nich lange her, da haste die kleine Töle reingeschleppt. Überall hat die hingepinkelt", Knolle hatte kein Verständnis für die Eskapaden seines Stammtischkumpels.

„Der Kleine war noch nicht ganz stubenrein", erklärte Kurt den Vorfall. „Süß war der Kleine schon. Die Blase hatte der schon vom ganz Großen", gab Heinz grinsend in die Runde. Doch Knolle regte sich weiter auf. Er schnappte nach Luft, um zu einem neuen Angriff überzugehen. „Irgendwann hat Kurt noch dieses Kind hier angeschleppt", klang er sauer. „War meine kleine Nichte Emma, die ist doch wirklich lieb gewesen", versuchte Kurt die Herzen seiner Kumpel zu erweichen, indem er gleichzeitig ein Foto seiner Nichte aus dem Portemonnaie zauberte. „Lieb?", Knolle konnte sich nicht beruhigen. „Emma hatte einfach Trudis Handtasche ausgeräumt." „Ihr war langweilig, hatte ja auch keine Spielsachen dabei", versuchte Kurt die Situation zu erklären. „Die hat mich mit dem Parfüm besprüht und mein Hemd mit Lippenstift bemalt", Knolle redete sich in Rage. „Da haste original wie ne Puffmutter gestunken", Heinz konnte sich bei dem Gedanken kaum vor Lachen halten und schlug laut mit der rechten Hand auf die Tischplatte. „Weißte, was meine Alte da für'n Zoff gemacht hat? „Lippenstift am Hemd, dieses billige Parfüm, brauchst gar nix zu sagen, ich riech schon, woher du kommst!", hat meine Alte mich angeschnauzt", Knolles Gesicht war tiefrot gefärbt und die Stimme zitterte voller Erregung. Dies ist kein gutes Zeichen, dachte Heinz. Eigentlich sollte es ein gemütlicher Frühschoppen am Samstag werden. Kurt war mittlerweile verstummt, damit die Situation nicht weiter eskalier-

te. Schon war eine Besserung der Situation in Sicht. „Lecker Pilsken, woll", die nächste Runde kündigte sich an. Helmut stellte ein gefülltes Tablett in die Mitte des Tisches. Männeraugen leuchteten. Alle griffen beherzt zu. „Ich brauch jetzt gleich zwei", bei diesen Worten stellte Heinz das in einem Zug geleerte Glas zurück auf das Tablett, um sich ein weiteres Bier zu sichern. Auch die Streithähne folgten seinem Beispiel. Wieder wurden die Gläser umgehend geleert. Wer trank, der konnte nicht streiten. Doch die Gläser waren klein und ganz schnell geleert. Knolle hatte einen undefinierbaren Laut von sich gegeben. „Was sachste?", wollte Heinz darauf wissen. „Schmeckt anders", ergänzte Knolle laut. „Is ja wohl keine Schalkeplempe?", gab Kurt zu bedenken. „Schalkeplempe, ich geb`s euch gleich, das is Premium ausem Grüner Tal", irgendwie hatten die Stammtischfreunde wieder den Wutgeist in Helmut geweckt. Heinz verstummte. In gereizten Situationen sollte man bestimmte Themen ausklammern, Fußball gehörte zu diesen Themen, insbesondere zwei naheliegende Reviervereine. „Ne, schmeckt wirklich anders", bestätigte Kurt. „Ihr wollt mich wohl verärgern. Euch kann man auch irgendeine Fassbrause, Kölsch oder so, servieren. Ihr merkt doch nix. Aber hier macht Ihr den Lauten", der Wirt klang genervt, richtig sauer.
„Helmut, wie geht's eigentlich Claudia?", versuchte Heinz die Situation durch einen Themenwechsel zu verbessern. „Gut", antwortete Helmut

kurz. „Ihren Hutladen in der Wermingser hat sie aber zugemacht, oder?“, setzte Heinz nach. „Homeshopping“, nach seiner Antwort entzog Helmut sich dem weiteren Gespräch, da ein Gast um die Rechnung gebeten hatte. „Homeshopping? Pleite war sie! Mietschulden hatse auch noch. Dann hatse daheim Plastiktöpfe verkauft. Meine Trudi war auch mal mit ein paar Freundinnen da“, gab Heinz mit gedämpfter Stimme in die Runde. „Die muss ganz schön Kohle in den Sand gesetzt haben. Reichlich Ärger gab das und, wenn Helmut sauer is, da is ja ein Tsunami gar nix dagegen“, wusste Kurt. „Du meinst wie die dicken Ringer aus Japan, ne?“, wollte Knolle genauer wissen. Kurt setzte zur Antwort an, wurde jedoch von Heinz‘ Redeschwall überflutet. „Die Claudia, die kann aber auch gut zulangen. Da wächst dann aber auch kein Kraut mehr“, steuerte Heinz seine Einschätzung dazu. „Plastikschüsseln, das is jetzt auch nich mehr. Die Claudia macht jetzt so Schlüpferpartys für Frauen“, konnte Knolle zum Gespräch beitragen, der sich mittlerweile beruhigt hatte. „Also Frauen sind da schon komisch, oder? Würdest du hier nur in deinem Feinripp durch die Reihen springen?“, gab Heinz zu bedenken. Knolle schüttelte bei dem Gedanken ablehnend seinen Kopf. „Das sind wohl nicht die Schlüpfer vom 1-Euro-Shop, nee, so richtig heiße Fetzen. Dafür musse schon ein paar Scheine auf‘n Tisch legen“, erläuterte Knolle. „Wenn‘s was hilft“, sah Heinz ein. „Bei dir oder deiner Frau?“, stellte Kurt die nicht ganz ernst gemeinte Frage in ge-

wohnt provokanter Form in den Raum. „Das hier hilft immer, lecker Pilsken, woll?“, Helmut war aus dem Nichts mit einer Ladung frisch gezapfter Biere aufgetaucht. „Hömma“, Heinz hatte den Wirt bei seinen Worten im Visier, „hömma, wie is deine Frau denn auf den Verkauf von Schlüpfern gekommen?“ Helmut stellte das Tablett auf den Tisch. Danach stemmte er beide Hände in seine Hüften. Diese Pose ließ nichts Gutes erahnen. „Das sind keine Schlüpfer, sondern Dessous vom Feinsten, hasse das verstanden!“, brüllte der Wirt. Helmut nickte schweigend. Auf eine Angriffswelle in dieser Stärke war er nicht vorbereitet. „Da gibt‘s ja ganz tolle Teilchen“, versuchte Knolle zu beschwichtigen. „Woher wollt ihr das denn wissen? Ihr habt doch überhaupt keine Ahnung“, die Stimme beruhigte sich langsam. Am Stammtisch war es ganz ruhig geworden. Der Wirt schaute in versteinerte Gesichter.
„Ihr wisst ja gar nicht, wie schwer es in dem Alter is, nen Job zu finden. Über eine Bekannte hatse davon gehört, dass Frauen gesucht werden, die hochwertige Bodyforming-Dessous verkaufen. Nach kurzer Schulung, mussten wir auch erst mal zahlen, arbeitet se jetzt mit anderen Frauen zusammen, so im Team“, versuchte Helmut die Arbeitssituation seiner Frau darzustellen. „Intim?“, Opa wahr aufgewacht und brachte sich gleich ins Gespräch ein. „Schweinkram!“, brüllte er laut. „Der is ja nich ganz dicht. Ihr vergrault mir meine letzten Gäste. Für heute ist jetzt finito. Ich mach euch die Rechnung“, Helmut platzte

wie eine Bombe. Heinz schaute demonstrativ auf seine Armbanduhr. „Ach, wie spät das schon wieder is. Ich muss sofort aufbrechen“, versuchte Heinz die Situation zu deeskalieren. „Ja, stimmt, es wird Zeit. Und Mittwoch sind wir ja wieder am Start. Da is ja unser regulärer Stammtisch“, stimmte Kurt ein. Diese Information schien keinesfalls als Friedensbotschaft geeignet. Doch genau in diesem Moment äußerte auch ein anderer Gast das Bedürfnis, zu zahlen. Helmut zog sich samt Tablett zurück. Die Männer leerten noch einmal ihre Gläser. Nur Kurt musste noch eine Nachricht an den Mann bringen. „Ich will ja keine Gerüchte streuen“, diese Worte heizten die Neugier der anderen erst recht an, „aber wisst ihr, wo ich die Claudia zuletzt gesehen habe?“ Natürlich wussten seine Stammtischbrüder keine Antwort darauf. „Ich habe Claudia in Dröschede gesehen, da kam sie aus diesem Erotik Palast“, erlöste Kurt seine Zuhörer. „Nein“, klang es voller Überraschung fast synchron. Dann verstummte das Trio, denn der Wirt nahte mit der Rechnung. „Hier is noch ein Absacker“; mit diesen Worten stellte er vier Schnapspinnchen auf den Tisch. „Ein ganz feiner Kräuterschnaps, neu auf'm Markt“, stolz präsentierte er die Flasche auf deren Etikett der Name des Getränks „Rampensau“ über einem Bild, das eine Sau zeigte, die auf einer Verladerampe stand, zu lesen war. „Toll, wollte ich immer schon mal trinken. Kenn ich aus der Werbung!“ „Ja“, stimmte Heinz in das Lobgedusel ein, „super, kenn ich aus der Fernsehwerbung.

Die zwei Schweineköpfe, die an der Wand hängen, manchmal grunzen oder sich mit den Gästen unterhalten." „Da hamm wir ja heute richtig Schwein", bei diesen Worten lachte der gesamte Stammtisch. Opa wurde auch noch ein Gläschen eingeflößt. So wurde der morgendliche Umtrunk doch noch zu einem guten Start ins Wochenende.

Heinz verspätete sich um 15 Minuten zum Stammtisch, normalerweise war er immer pünktlich um 18.00 Uhr da. Auf dem Bürgersteig der viel befahrenen Bundesstraße warteten bereits seine Stammtischbrüder Kurt und Knolle.
„Was ist los? Hat Helmut euch schon rausgeschmissen?", wollte Heinz verwundert wissen. „Ne, die Tür is dicht", antworteten Kurt und Knolle synchron. „Das gab's ja noch nie", warf Heinz ein. Ein Passant sprach die Wartenden an: „Heinz macht um 17.00 Uhr auf. Kurze Zeit später hab ich's versucht, da war die Kneipe geschlossen. Aber es sieht doch so aus, als würde drinnen Licht brennen." In einer Reihe stellten sie sich an die Fenster der Gaststätte und versuchten einen Blick ins Innere zu werfen. Tatsächlich brannte Licht im Inneren. Mehr aber konnten die Männer durch die Bleiverglasung nicht erkennen. So telefonierte Heinz mit seiner Frau, die wiederum mit einer Freundin, die wiederum mit der Frau des Wirtes befreundet war. Auf diesem Weg landete die Information bei Claudia, die wenige Minuten später vor dem Eingang der Gaststätte auftauchte. „Das gibt's doch nicht. Helmut muss

doch da sein." Claudia drückte ihr Körpergewicht vergeblich gegen die Eingangstür. „Das bringt doch nix", stellte Heinz nach kurzer Zeit fest. „Wer hat denn einen Schlüssel für die Kneipe?", fragte er an Claudia gerichtet. „Ich", Claudia kramte in ihrer überfüllten Handtasche. Nach einiger Zeit holte sie einen Schlüsselbund hervor. „Einer davon muss passen", mit diesen Worten schritt sie auf die Tür zu. „Soll ich es besser versuchen", dabei nahm Heinz ihr die Schlüssel ab und steckte einen nach dem anderen ins Schloss. „Wenn keiner passt, ruf ich den Schlüsseldienst", Knolle lief aufgeregt auf und ab. „Geht schon", in diesem Moment öffnete Heinz die Tür mit einem lauten Knarren. „Sollte Claudia nicht zuerst?", Knolle schaute dabei suchend nach der Hausherrin, die in zwei Metern Entfernung an der Mauer lehnend rauchte. „Ich glaub, is besser, wenn ich erst gucke", traf Heinz die Entscheidung und betrat den Raum.

Kommissar Zufall hatte gerade die Tür seines Büros zugezogen. Feierabend, dachte Zufall mit Erleichterung, dabei schaute er den Gang herunter. Bei Küppers brennt noch Licht, aber Rheinländer brauchen ja immer etwas länger, lachte der Kommissar innerlich. Doch dann klingelte sein Telefon. Er zögerte nur kurz, wurde dann jedoch von seinem Pflichtbewusstsein besiegt. Am anderen Ende der Leitung befand sich ein Kamerad aus seinem Abi-Jahrgang, den er nur sporadisch beim alljährlichen Schützenfest getroffen hatte, obwohl die Stadt doch eigentlich ein Dorf ist, man trifft jeden zigmal, seltsamerweise ihn nicht. Diesmal klang er sehr nervös, meldete ein Gewaltverbrechen in der Gaststätte Nordstrand. Küppers, der auf dem Flur stand, wurde gleich vereinnahmt. „Wie schon Feierabend? Jetzt geht's erst mal in die Kneipe, aber dienstlich", und das meinte der Kommissar auch so. Wenige Minuten später standen die beiden Polizisten mitten in der Kneipe. In dem Schankraum umringten einige Menschen eine am Boden liegende Person. Küppers wandte sich direkt an die Gruppe: „Alle verlassen jetzt den Tatort!" „Dort", bei diesem Wort zeigte er auf eine große Eckbank, „dort setzen Sie sich hin und halten sich zu unserer Verfügung!" Wie eine Herde Lämmer folgte die Gruppe stumm den Anweisungen des Kommissars. „Ruhe, kein Wort untereinander", klang die strenge Anweisung. „Wir werden sie der Reihe nach verhören", wandte sich der Chefermittler an seinen Mitarbeiter. „Der Wirt ist wohl tot", bemerkte Küppers. „Der Wirt vom Nordstrand heißt Helmut. Im Rheinland mögen die Menschen kostümiert auf den Straßen herumlaufen, wir sind hier in der Zivilisation. Die tote Person trägt Frauenkleider. Was kombinierst du daraus, Küppers?", die letzten Worte klangen sehr zynisch. Eine Antwort erwartete der Chefermittler nicht. Dann schaute er sich die Tote genauer an. „Eindeutige Würgemale am Hals", bei diesen Worten wies er auf den Hals der Toten. Eine blaue Linie, vielleicht zwei Zentimeter breit, hatte einen tiefen

Abdruck hinterlassen. Ein kleines Muster war eindeutig zu erkennen. „Küppers, informiere die Spurensicherung und fass ja nichts an“, fuhr er seinen Mitarbeiter von der Seite an. „Klar, Chef“, bemerkte dieser unterwürfig, „übrigens, das hier war die Mafia!“ „Wieso Mafia? Du meinst vielleicht den Kölner Klüngel, oder was?“, Zufall schüttelte nur seinen Kopf. Mit so einem Personal soll ich hier Gewaltverbrechen aufklären, dachte Zufall voller Selbstmitleid. „Typischer Mafiamord“, Küppers wies mit seiner rechten Hand auf einen Wildschweinkopf, „das machen die italienischen Berufsverbrecher so, legen abgeschnittene Tierköpfe auf die Türschwellen.“ „Rampensau“, nuschelte die Wirtin. „Und was soll das jetzt, was haben Sie gesagt? Sind jetzt alle hier durchgeknallt?“, wollte der ermittelnde Kommissar genauer wissen. „Rampensau“, wiederholte sie etwas lauter, „das ist doch nur ein Plüschkopf für die Wand, die Werbung für den neuen Kräuterschnaps.“ Mittlerweile war ein Trupp von Kollegen der Spurensicherung eingetroffen und hatte die direkte Umgebung der Leiche mit Flatterband abgesperrt. Kommissar Zufall atmete tief durch, um kraftvoll mit der Befragung der Zeugen zu beginnen, als die Kneipentür weit aufgestoßen wurde. Bühnenreifer Auftritt, dachte Zufall. Staunend starrten die Anwesenden auf die erscheinende Person, als sei es die Landung der Außerirdischen, aber es war nur die Rückkehr von Wirt Helmut. „Helmut, wo kommst du denn her?“, nahmen die Stammtischbrüder der Polizei die Frage ab. „Ich brauch jetzt erst einmal ein Bier“, mit diesen Worten steuerte Helmut direkt auf den Zapfhahn zu, bevor Zufall Einhalt gebot. Helmut war kreidebleich. „Ich musste untertauchen. Gegen 14.00 Uhr war ich heute in meine Kneipe gekommen. Die Tür war nur angelehnt. Als ich eintrat, sah ich bereits, dass Heike auf dem Boden lag. Ich beugte mich zu ihr herunter, fühlte ihren Puls und sah die Würgemale an ihrem Hals. Da wusste ich, die Biermafia holt mich!“ „Chef, hab ich nicht gesagt, die Mafia ist im Spiel?“, Küppers meldete sich zu Wort. „Welche Biermafia, verdammt noch mal“, Zufall reagierte heftig, ohne auf den Einwurf seines Kollegen einzugehen. Der Wirt setzte sich auf einen Stuhl und erzählte mit ungewohnt leiser Stimme. „Kommissar, ich habe Mist gebaut, wollte ein paar Euro sparen. Osteuropäer haben mir Fassbier angeboten, viel billiger. Würde keiner merken, dieselbe Qualität. Doch am letzten Samstag als Knolle und Helmut, die beiden vom Stammtisch, an dem Bier herummäkelten, da hab ich kalte Füße gekriegt. Ich hab sofort die Handynummer von den Ganoven angerufen und gesagt, dass mir das alles zu heiß wird und ich aussteigen will. Wenig später waren zwei Schläger bei mir und haben mir mächtig gedroht. Als ich heute die Leiche meiner Aushilfe sah, da hab ich nur gedacht, die machen jetzt ernst. Ich bin bei meiner Schwester untergetaucht, die hat den Blumenladen gleich Am dicken Turm. Da hab ich mich erst wieder herausgetraut, nachdem mich meine Frau angeru-

fen hatte", Helmut erschien ziemlich nervös.
„Von dem Anruf hat ihre Frau gar nichts gesagt",
schaute Zufall fragend in die Runde. „Hab ich in
der Aufregung wohl vergessen", verteidigte sich
Claudia. „Was haben Sie heute vor 14.00 Uhr
gemacht?", hakte der Kommissar nach. „Da war
ich Zuhause, habe mein Warenlager mit Haus-
haltsartikeln sortiert, aber da war ich allein", antwortete die Gefragte. „Die verkauft doch jetzt die
heißen Dessous", tuschelte Heinz laut zu seinem
Stammtischbruder, sodass der Ermittler die Worte
verstehen musste. „Haben Sie die Tote gekannt?",
fragte Zufall die Anwesenden der Reihe nach.
Die Tote hatte in der Kneipe seit einigen Wochen
geputzt und auch in der Küche ausgeholfen. „War
halt die Putzfrau", antwortete Claudia abfällig.
„Nur die Putzfrau?", Knolle sprang von seinem
Stuhl auf. „Die hat doch vorher die Unterwäsche
bei den Frauenabenden vorgeführt." „Wahrscheinlich nicht nur bei den Frauenabenden", ergänzte Zufall provozierend. Helmut schaute verlegen zur Seite. Erst musterte Zufall genau das
Verhalten des Wirts, dann schwenkte der Polizist
seinen Blick langsam in Richtung Ehefrau. Claudia spielte nervös am Verschluss ihrer auffälligen
Handtasche. „Glücklich?" Zufalls Spielball bestand aus einem Wort. „Wie das so nach all den
Jahren ist", murmelte Helmut, während seine
Frau zeitgleich nickte. „Heinz, haste nich gesagt,
da war immer Tsunami?", mischte sich Knolle
ein. „Ja, ab und zu haben die sich richtig gefetzt",
bestätigte der Gefragte seinen Stammtischbruder.

„Aber nur wenn meine Frau mich provoziert hat", verteidigte sich der Wirt. Nun hielt sich auch Claudia nicht mehr zurück. „Du Schwein, wer hat denn immer mit anderen Frauen rumgemacht?", brüllte Claudia und schlug wie zur Bestätigung mit der Handtasche auf ihren Mann ein. „Sie setzen sich sofort wieder hin. Ein Eberkopf für die Wand reicht! Vorher geben Sie meinem Kollegen ihre Handtasche." „Küppers, schau dir mal das Muster der Handtasche an", ordnete Zufall an. Ohne etwas zu prüfen, antwortete sein Kollege: „Eine echte Belucci-Tasche und das Muster passt zu den tollen High Heels." „Küppers, wir sind hier nicht bei der Modewoche in den Kölner Messehallen. Wir ermitteln in einem Mordfall", klang Zufall genervt. Doch ehe Küppers einen weiteren Gedanken formulieren konnte, war Helmut aufgesprungen und brüllte seine Frau an. „Wo warst du heute um zwei? Ich hab dich doch Zuhause angerufen und du bist nicht dran gegangen!", Helmut klang vorwurfsvoll. „Küppers, du hältst eine gefährliche Waffe in Händen", ergänzte Zufall an seinen Kollegen gewandt. „Eine gefährliche Waffe?", fragte Küppers verständnislos. „Die Waffe einer Frau!", gab Zufall den nächsten Hinweis an seinen Kollegen. Küppers lächelte erleichtert: „Ja, das Muster des Riemens an der Handtasche finden wir am Hals der Toten wieder." „Geht doch", lobte Zufall mit seinen Worten. „Heute fällt der Stammtisch aus", wandte sich Zufall an das Männertrio. Die Wirtin verließ in Begleitung von Uniformierten die Räumlich-

keiten. Die verbleibende Männertruppe stand
schweigend an dem hölzernen Stehtisch. Am Ende gab es eine Runde Rampensau zur Beruhigung
des Nervenkostüms, danach erklärte Zufall den
Fall für gelöst.

Uta Baumeister

## Die Buchsenkolonne
## (Tatort Mellen)

„Ein Atomkraftwerk? In Mellen?" Anton starrte Klaus fassungslos an.

„Ja, wenn ich's euch sage, könnt ihr mir's auch glauben", antwortete Klaus.

Kurz herrschte Schweigen in der Stammtischrunde. Neben Klaus und Anton saßen auch Bernie, Erwin und Willi wie jeden Abend an ihrem Platz in der Kneipe. Hier trafen sich die fünf Rentner regelmäßig, um Planungen zur Dorfverschönerung und Erhaltungsmaßnahmen zu besprechen, die sie ehrenamtlich ausführten. Im Laufe der Jahre hatte die Gruppe Beachtliches geleistet und erfuhr über die Dorfgrenzen hinaus viel Anerkennung. Als ‚Buchsenkolonne' hatten sich die fünf Senioren, die alle längst ihren 70. Geburtstag gefeiert hatten, einen Namen gemacht. Vor allem durch ihr Mitwirken hatte es das 600-Seelen-Örtchen geschafft, verschiedene Wettbewerbe als „Schönstes Dorf im Sauerland" und als „Allerschönstes Dorf im Märkischen Kreis" zu gewinnen. Sogar das Fernsehen hatte schon über das beispielhafte Engagement der ‚Buchsenkolonne' berichtet.

Willi kratzte seine Glatze. „Was sind das für Fisematenten? So'n Dingen passt überhaupt nicht nach Mellen", sagte er nachdenklich. „Dafür braucht es doch Kühlung. Und ‘nen Fluss ham wir hier nicht.“

„Wieso? Wir ham doch Kneipp sein Tretbecken und den Dorfteich“, meinte Bernie.

„Meinste das reicht?“, wollte Erwin wissen und schüttelte nachdenklich den Kopf hin und her.

„Den Orlebach gibt es zur Not ja auch noch“, erklärte Bernie.

„Schluss mit der Diskussion! Ein Atomkraftwerk in Mellen dürfen wir gar nicht erst zulassen. Wir müssen etwas dagegen tun“, raunte Willi. „Wenn die Atome austreten, dann ist das für unsere Gesundheit total gefährlich. Wegen der Radioaktivität und so.“ Er machte eine theatralische Pause. „Also, wenn die Kühlung nicht richtig funktioniert und der Kern schmilzt, dann ...“

„Ker, dann müssen wir alle evakuiert werden“, unterbrach Erwin die fachmännischen Ausführungen seines Kollegen. „Das muss verhindert werden, sonst kriegt meine Frau die Pimpernellen. Die würde völlig durchdrehen, wenn ihr Garten von den ganzen Atomen inne Wicken geht.“

Anton, der die angeregte Diskussion schweigend verfolgt hatte, räusperte sich. „Wir sollten nicht spekulieren“, sagte er und wandte sich an Klaus. „Woher weißt du eigentlich vom Bau des Atomkraftwerks? Wie sicher ist das?“

Klaus lehnte sich vor. „Also“, flüsterte er und blickte in gespannte Mienen. „Schmidts Elli hat das meiner Mia erzählt. Elli hatte das von Runten Klara gehört und die weiß es von ihrem Mann, weil der bei Frischwinds Alfred auf’m Hof war.“

Die Buchsenkolonnisten stöhnten auf. „Komm zur Sache", murrte Erwin. „Was hat Frischwinds Alfred damit zu tun?"

„Na, der soll dem Investor sein Land verkaufen", erklärte Klaus. „Von Runten Klara der Mann hat ein Telefongespräch verfolgt, als er mit seiner Milchkanne in der Hand darauf wartete, dass Frischwinds Alfred ihm frische Milch abfüllt."

„Oha, wir sollten Alfred mal in die Mangel nehmen", schlug Erwin vor und trank sein Bierglas in einem Zug leer.

„Bevor wir das machen, müssen wir erst genau recherchieren, was hinter der Sache mit dem Atomkraftwerk steckt und ob die Verträge schon unterschrieben sind", schlug Willi vor.

„Ja genau! Und an die Verträge müssen wir dringend ran kommen", stimmte Anton zu.

„Ha, jetzt kann ich mir auch denken, wovon Alfred seinen neuen Jeep bezahlt hat. Der Investor hat bestimmt eine Anzahlung gemacht", vermutete Erwin.

Noch bis Mitternacht diskutierten und fachsimpelten die Männer und waren sich einig – mit allen Mitteln würden sie die Errichtung eines Atomkraftwerks in Mellen verhindern. Dabei würden sie, wenn es sein musste, bis zum Äußersten gehen. Sie dachten sogar darüber nach, Bauer Alfred Frischwind verschwinden zu lassen und hatten schon einige Ideen dazu. Zumal sein Verschwinden kein großer Verlust sein würde, denn der Bauer war im Dorf nicht gerade beliebt. Er und seine Frau legten gegen alles und jeden ein Veto ein. Auch mit der Buchsenkolonne hatte er mehrmals im Clinch gelegen, weil sie ihre Dorfverschönerungsarbeiten bis in seine Ländereien ausgedehnt hatten. Erst im letzten Jahr hatten die Buchsenkolonnisten Streit mit ihm, weil er es abgelehnt hatte, einen Wanderpfad über sein Feld führen zu lassen. Damals konnte der Bauer nicht ahnen, dass ihm die aktive Männertruppe zum Verhängnis werden könnte.

Als Bauer Alfred am nächsten Morgen aus dem Kuhstall kam, traute er seinen Augen nicht. Die aufgehende Herbstsonne schien ihn zu blenden. Er rieb sich über die Lider und staunte erneut. Auf dem Hof standen breitbeinig fünf alte Männer in Gummistiefeln, von denen jeder eine farbige Plastikmilchkanne in der Hand hielt. Kurz erinnerte ihn das an eine Szene aus einem Western. Einen Überfall gegnerischer Cowboys schloss er jedoch aus, denn schließlich waren Milchkannen ja keine Waffen.

„Komma rübba!“, rief Erwin.

„Häh?“, antwortete Alfred.

„Komm bitte mal nach uns hin“, wiederholte Erwin in deutlichem Sauerländisch.

Der hagere Alfred ging auf die Gruppe zu und erkannte die ‚Buchsenkolonne‘.

„Tach“, begrüßte er die Gruppe verwundert. „Was treibt euch denn so früh auf meinen Hof?“

„Wir möchten frische Milch für unser Frühstück holen“, antwortete Erwin.

„Das sind ja ganz neue Sitten. Das habt ihr seit eurer Kindheit wohl nicht mehr persönlich getan." Alfred grinste herablassend.

Bernie stieß Anton leicht mit dem Ellbogen an. Daraufhin wandte sich Anton an Alfred und verwickelte ihn in ein Gespräch. „Wir möchten ab jetzt auf Milch aus dem Supermarkt verzichten und die heimischen Landwirte direkt unterstützen. Das ist unser Freundschaftsangebot an dich. Lass uns die alten Streitereien begraben."

„Jau, das find ich ja mal gut", freute sich Alfred.

Anton fragte nicht nur nach den Milchpreisen, sondern fragte auch, ob Alfred bereit sei, den Herren Einblick in den Kuhstall zu geben. Da stimmte der Landwirt gerne zu. Schließlich war er stolz auf die neu erworbene Melkanlage, nach neuestem Stand der Technik. Er führte die Gruppe zum Stall, in dem mehr als einhundert Milchkühe friedlich vor sich hin kauten oder dösten.

Würziger Stallgeruch wehte den Männern entgegen. Willi rümpfte die Nase. „Bäh!"

„Kerlokiste Alfred, da hast du bestimmt auch viel Bürokram zu erledigen, oder?", fragte Bernie.

„Och, das hält sich in Grenzen. Wird ja alles computergesteuert und ich brauche die Daten nur abzufragen. Die Bürosoftware arbeitet fast von alleine." Alfred zeigte im Eingangsbereich auf eine offen stehende Tür, die in einen kleinen Raum führte.

Anton, Bernie, Erwin, Klaus und Willi warfen nacheinander interessiert einen Blick hinein. Über einem Stehpult, auf dem eine Tastatur lag, war ein Bildschirm angebracht, der eine Statistik anzeigte. In einem Regal standen einige Ordner. In einem Kasten reihten sich einige Schlüssel aneinander. Ein großer Briefumschlag lag auf dem Schreibtisch.

„Seht ihr, dies ist mein Büro. Ist das nicht schnucke?", fragte Alfred stolz und führte die Männer weiter in das Stallinnere. Es fiel nicht auf, dass Bernie fehlte. Der war im Büro zurück geblieben und wartete einen Moment lang, bis sich die Gruppe weit genug entfernt hatte. Zunächst stellte er seine Milchkanne ab und griff nach dem Briefumschlag. Er zog mehrere Seiten Papier heraus und studierte sie eingehend. Ein heftiges Klopfen auf seine Schulter ließ ihn den Atem anhalten. Schnell steckte er die Blätter zurück in den Umschlag und schob ihn unter seine Jacke. Dann drehte er sich langsam herum und blickte auf verbogene Zacken einer Mistgabel und einem Gemisch aus daran klebender Gülle- und Strohresten.

„Was machen Sie hier?", hörte er eine unfreundliche Stimme. Hinter der Mistgabel kam das grimmige Gesicht von Alfreds Gattin Rita zum Vorschein.

„Nix mach ich", erwiderte er. „Ich hab nur meine Post gelesen."

„Raus hier! Aber zackig!", murrte die Bäuerin, schob Bernie resolut aus dem Büro und verschloss die Tür hinter ihm. Genauso schnell öffnete sie sie wieder. „Ist das Ihre?", fragte sie barsch und hielt Bernie seine Milchkanne entgegen. Er nickte.

Eine Hand mit dicken Wurstfingern streckte Bernie die Kanne entgegen. Schnell griff er danach und verschwand zu den anderen, denen Alfred bereits am anderen Ende des langen Mittelgangs die Gülleentsorgungstechnik erklärte.


Eine Stunde später saßen die fünf in Bernies Kellerbar und tranken anstelle frisch gezapften Biers frisch gemolkene Milch.

„Leider gab's nur eine kleine Ausbeute, weil Frischwinds Rita im Büro auftauchte", berichtete Bernie und schüttelte den Kopf. „Boh, ist das 'ne Furie."

Die anderen nickten zustimmend. Die resolute Bäuerin war im Ort dafür bekannt, dass sie auf dem Frischwind-Hof die Hosen anhatte.

Auf dem Tisch lag der Umschlag, den Bernie nun feierlich öffnete. Nach einem Blick auf das Deckblatt rief er: „Volltreffer! Das ist der Jackpot!"

Eingehend studierten die Männer nacheinander die Mappe, die in der Tat einen noch nicht unterzeichneten Vertrag enthielt. Doch die Freude war schnell verflogen.

„Klaus! Du bist ein absoluter Volldepp!", fluchte Erwin. Die anderen schüttelten den Kopf.

„Von wegen Mellen bekommt ein Atomkraftwerk! Und einen Investor gibt es auch nicht. Alfred will seinen Strom alternativ erzeugen. Lies das doch mal richtig“, schimpfte Willi und sah sein Gegenüber an.

„Ja was? Warum guckt ihr mich jetzt so an? Tut jetzt mal nicht so etepetete! Ich hab nicht gelogen. Runten Klara hat Quatsch erzählt“, sagte Klaus.

Anton räusperte sich. „Tja, diese Art alternativer Stromerzeugung gefällt mir aber genauso wenig wie der Bau eines Atomkraftwerks.“

„Wieso?“, fragte Bernie.

„Weil eine Biogasanlage stinkt“, antwortete Anton.

Dann meldete sich Willi zu Wort. „Das stinkt nicht nur, das vermaist auch die Äcker um unser Dorf und das nimmt uns die schöne Aussicht. Und wenn es zum Notfall kommt, dann aber Hallo.“

„Was für ein Notfall?“, wollte Bernie wissen.

Willi, der über den Tisch gebeugt saß, richtete sich auf und blickte in die Runde.

„Also, ich erklär euch das jetzt mal ganz genau. Ich hab letzte Woche zufällig eine Reportage über Biogasanlagen gelesen.“

Erwin goss sich einen weiteren Weinbrand in ein kleines Schnapspinneken, während sein Kollege mit den ausführlichen Erläuterungen begann.

„Das mit so‘m Biogas ist nämlich so. Zuerst kommt die Gülle und dann die Substrate. Das vermischt du.“ Willi kreiste mit seinen Armen über den Tisch. „Das Gemisch kommt dann in den Fermenter, das ist der Reaktor. Das Ganze wird darin gerührt und vergärt. Dabei helfen so kleine Bakterien, die gerne Gülle fressen. Die furzen dann das Gas aus und das wird in der Dachkuppel des Fermenters gespeichert. Der Alfred kann das Gas dann nach nebenan in ein Blockheizkraftwerk leiten und zur Strom- oder Wärmeerzeugung nutzen." Willi lehnte sich entspannt zurück. „Ja, so ist das."

„Aber was meintest du vorhin mit Notfall?", fragte Anton mit ängstlicher Miene.

„Was meinst Du wohl, was passiert, wenn das Dingen explodiert? Dann kommt das knüppeldicke und die Gülle spritzt mit Schmackes über das ganze Dorf", sagte Willi und unterstrich seine Weisheit durch kräftiges Kopfnicken.

„Scheiße!", raunte Bernie.

„Genau das", bestätigte Willi. „Stellt euch mal vor, Frischwinds Alfred steckt sich in unmittelbarer Nähe von dem Gas eine Kippe an. Kerlokiste, das wird ein Knall, und zupp, haben unsere Weiber ihre weiße Wäsche auf der Leine im Garten braun." Willi nickte wieder.

„Ker, das gäbe ein Gemecker und würde teuer. Lisbeth würde auf den Kauf neuer Wäsche bestehen", sagte Erwin nachdenklich.

„Ob sich das in euerm Alter noch lohnt?", fragte Bernie.

„Tja, liebe Kollegen. Was sagt uns das?", warf Willi ein. „Der Bauer muss weg!"


Ungefähr zwei Stunden und unzählige Wacholderschnäppschen später waren die Männer mehr als überzeugt von ihren guten Ideen. Sie wollten gar nicht erst versuchen, Alfred durch stichhaltige Argumente von seinem Vorhaben abzuhalten. Sie waren sich einig, dass keiner von ihnen Alfred leiden konnte.

„Wir sind uns klar darüber, woll?", lallte Willi. Der Plan war, Alfred oben im Wald im alten Stollen verschwinden zu lassen. Dort würde ihn so schnell niemand finden. Auch Rita sollte in den Genuss einer Spezialbehandlung kommen.

Die fünf Männer klatschten sich gegenseitig die Hände. „Packen wir's an. Montag ist unser Tag. Da ziehen wir's durch und retten Mellen vor der Gülleattacke!", rief Erwin in die Runde.

„Güllekacke, Güllekacke, hoi, hoi, hoi!", schrien die Männer ihren spontan erfundenen Schlachtruf.


Drei Tage blieben der ‚Buchsenkolonne', um wieder nüchtern zu werden. An ihrem Plan hielten sie jedoch auch mit klarem Kopf fest. Ihren Frauen erzählten sie, dass sie einen Ausflug zur Gartenbaumesse in Düsseldorf machen wollten, um sich über weitere Verschönerungsmaßnahmen im Dorf zu informieren.

„Tschüss Mia, ich bringe dir auch was Schönes mit. Aber es wird spät heute Abend", verabschiedete sich Klaus am frühen Montagmorgen von seiner Gattin. Sie wunderte sich nicht, dass ihr Mann Gummistiefel trug und eine Milchkanne in der Hand hielt. Sie sah ihm aus dem Fenster nach, als er mit dem alten Astra vom Hof fuhr, um seine Kolonnenkollegen abzuholen.

Zunächst fuhr der Wagen in Richtung Langen-
holthausen. Es dämmerte noch. Willi saß auf dem
Beifahrersitz, Erwin, Anton und Bernie saßen ge-
quetscht wie Würstchen in der Dose auf der
Rückbank. An einem Waldstück bog Klaus in
einen unbefestigten Weg ein. Das Auto ruckelte
und wirbelte seine Insassen, vor allem jene auf
der Rückbank, hin und her. „Mir wird schlecht.
Fahr nicht so schnell mit deiner alten Nuckelpin-
ne", schimpfte Erwin. Nach einigen hundert Metern stoppte Klaus hinter einem Holzstapel. So
war das Auto kaum zu entdecken. An diesem nassen und kalten Novembertag würde auch sicher
kein Wanderer hier entlang kommen.
Dann marschierten die Männer voller Tatendrang
entlang der Waldgrenze zurück, gingen weiter
querfeldein und machten hinter Alfreds Kuhstall
halt. Erwin lugte durch einen Spalt der nicht ver-
schlossenen Tür. Alfred fütterte die Kühe. Die
Männer teilten sich auf. Während Willi und Erwin durch die Hintertür in das Wohnhaus schlichen, machte sich Klaus mit einer Milchkanne in
der Hand auf in den Stall. Anton und Bernie blieben hinter der Tür stehen und beobachteten ihn.
Rita bereitete in der Küche gerade das Frühstück,
als ihr von hinten ein mit Äther getränkter Lap-
pen unter die Nase gehalten wurde. Sie wurde
ohnmächtig und riss im Fallen das Tischtuch vom
Tisch. Geschirr zerbrach auf dem Boden. Willi
und Erwin fassten Rita an den Armen und zogen
sie über den Boden. „Wo gehn wir hin damit?",
fragte Erwin keuchend. Sein Herz klopfte laut

von der Anstrengung. Willi deutete auf die Tür zum Vorrat. Die beiden Rentner zerrten die Bäuerin in die kleine Kammer, in der es herrlich nach geräucherten Würsten roch, und legten sie ab. Willi holte einen Stuhl aus der Küche. Darauf hievten sie die bewusstlose, kräftige Frau, bevor Erwin sie mit einem Seil fesselte, das er auch um den Stuhl wickelte. Willi zog Klebeband aus seiner Tasche und pappte dies über Ritas Mund. „Fertig!", flüsterte er und schob Erwin aus dem Raum. Dann verriegelte er die Tür. „Die kommt da erst mal nicht raus", grinste Willi und knuffte Erwin mit dem Ellbogen freundschaftlich in die Rippen. Ihren Teil hatten sie erfolgreich erledigt.


„Wo kommst du denn zu so früher Stunde wech?" Alfred wunderte sich über seinen ersten Kunden an diesem Tag.

„Aus'm Bett, woher sonst", antwortete Klaus. „Ich hole leckere Milch für meinen Morgenkaffee." Klaus hielt Alfred die Kanne hin.

„Aha", sagte Alfred trocken und stellte den Futtereimer an die Seite. Gemeinsam gingen sie zur Milchzapfanlage. Klaus' Kumpanen hockten hinter der Stalltür und beobachteten das Geschehen mit Spannung. Als Alfred sich mit der Kanne zur Zapfanlage drehte, begann Klaus laut zu rufen: „Güllekacke, Güllekacke, hoi, hoi, hoi!" Das war quasi der Einsatzbefehl für die ‚Buchsenkolonne'. Der Bauer drehte sich erschrocken um und sah noch den Sprühnebel aus der Sprayflasche, die Klaus ihm entgegenhielt. Seine Augen brannten und tränten. „Was soll das?“, schimpfte er und ging in die Knie. Sekunden später traf eine Schüppe seinen Schädel.

„Boing“, freute sich Erwin. „Der Schlag hat ja mal gut gesessen, woll?“

„Red nicht, fass an“, schimpfte Klaus. Anton rollte eine Schubkarre herbei. Gemeinsam hoben die Männer den bewusstlosen Bauern an und legten ihn wenig behutsam hinein. Erwin besorgte indes den Schlüssel für Alfreds Jeep aus dem Büro und fuhr wenig später rückwärts vor die Stalltür, wo die anderen mit Alfred in der Schubkarre bereits warteten. Sie legten den Bauern in den Kofferraum.

„Kommen wir nun zum Finale des heutigen Programms, meine Herren“, sagte Erwin mit wichtigtuerischer Miene.

„Warte, bevor wir weitermachen, brauch ich erst ein Bütterken. Mir knurrt der Magen“, meldete sich Anton zu Wort. Aus seinem Rucksack zog er eine Brotdose und eine Thermoskanne mit Kaffee. „Damit ich nicht verhungere.“

„Darum haste auch zehn Kniften mit“, sagte Willi beim Blick in die Dose.

„Für jeden zwei. Ich bin ja nicht so“, erklärte Anton.

Erfreut über die Stärkung, setzten sich die Männer im Stall auf Heuballen und genossen das Frühstück, das sie mit Wachölderkes abrundeten.

„Es wird Zeit, sonst wachen die Bauersleut wieder auf und verderben uns das Finale“, beendete

Erwin die Pause. „Beseitigt alle Spuren und dann los!“

Klaus setzte sich eine Mütze auf, zog sie tief ins Gesicht und machte es sich auf dem Fahrersitz bequem. Anton reichte ihm Alfreds Brille.

„Mach hinne und zieh die auf. Falls uns jemand begegnet, soll der denken, dass du der Alfred bist“, sagte er. Blöd nur, dass die nicht Klaus' Sehstärke hatte. Dennoch lenkte er den Jeep vom Hof und bog in die Sorpestraße ein. Er fuhr ein Stück, passierte den Orlebach und schlug in Höhe der Lürbecke den Waldweg ein. Meinte er, denn die schlechte Sicht durch die Brille erschwerte ihm die Fahrt beträchtlich. Der Waldweg entpuppte sich als Teil eines abfallenden Waldstücks. Vor Schreck vertauschte er das Gas- mit dem Bremspedal. Durch die Vollbremsung geriet der Jeep auf dem weichen, nassen Waldboden ins Rutschen. Klaus trat das Gaspedal durch. Der Wagen raste den Hang hinunter. Fünf Männer schrien um ihr Leben. Alfred stöhnte auf. Bumms! Eine dicke Eiche stoppte die Talfahrt. Totalschaden hatte nicht nur der wenige Wochen alte Jeep. Die Rentner lagen quer übereinander und begruben Alfred unter sich. Klaus steckte zwischen Sitz und Airbag fest. Ihm schmerzten alle Glieder. Aber er lebte. „Männer, seid ihr noch da?“, fragte er leise.

Nach und nach stöhnten die anderen auf. Klaus war erleichtert.

„Was sind das denn für Spirenzkes? Warum sind wir mit Foffo vorn Baum geknallt?“, schimpfte Anton krächzend. „Mein Schochen tut weh.“

„Sei froh, dass du noch lebst“, antwortete Willi und rieb sich seinen Kopf. „Autsch.“

Die Buchsenkolonne befreite sich unter Mühen aus dem Wrack. Alfred starrte gen Himmel und rührte sich nicht mehr. Willi schüttelte ihn und rief laut seinen Namen. Es kam keine Antwort.

„Drück dem mal die Döppers zu“, raunte Anton. Mit einer Hand fuhr Willi Alfred über die Augen. Es folgte ein kurzer Moment des Schweigens.

„Ich hab 'ne Idee“, unterbrach Willi die Ruhe und sortierte sich.

Erwin tupfte mit einem Taschentuch Blut von seiner Platzwunde an der Stirn. „Wie soll ich das bloß Lisbeth erklären?“, fragte er in die Runde.

„Sag ihr einfach, dass wir uns auf der Messe beim Rodeo vergnügt haben“, schlug Willi vor.

„Schluss mit eurer Lustigkeit. Was machen wir mit Alfred? Was hattest du eben für eine Idee, Willi?“, fragte Klaus mit schmerzverzerrtem Gesicht.

„Wir setzen Alfred hinters Steuer und hauen ab“, antwortete Willi. Das kam den Männern gelegen. So hatte der Unfall zwar ihren eigentlichen Plan zunichte gemacht, aber das war Schicksal.


Die ‚Buchsenkolonne‘ machte sich humpelnd auf den Rückweg. Es war kein weiter Weg bis zum geparkten Astra, doch die Männer kamen nur langsamen Schrittes voran. Körperteile, von denen sie bisher nicht wussten, dass es sie gab, schmerzten unaufhörlich. Antons Wachölderkes waren gute Medizin dagegen.

Die Steigerung dieses Finales waren die Erklärungen, die die Männer am Abend ihren Gattinnen bezüglich der Verletzungen abgaben.
Dass Frischwinds Alfred einen schweren Autounfall hatte, den er nicht überlebte, machte am nächsten Tag genauso schnell die Runde wie der Überfall auf Rita. Ein Spaziergänger hatte den demolierten Jeep entdeckt. Rita war von den Polizisten befreit worden, als die ihr die Nachricht vom Tod ihres Mannes überbringen wollten. Die Bäuerin konnte der Polizei allerdings keinen Hinweis auf den oder die Täter geben. Die Vermutung machte im Dorf die Runde, dass Alfred seine Gattin eingesperrt hatte und er den Unfall absichtlich verursacht hatte. Es war bekannt, dass die Ehe der beiden nur noch auf dem Papier bestand. Darum wohl war Ritas Trauer um ihren Gatten nicht allzu groß.

Als im Frühjahr Bagger anrückten und im Feld mit Ausschachtungsarbeiten begannen, war der Buchsenkolonne klar, dass nun Rita die Biogasanlage bauen ließ. Alfred hatte ihr schließlich ein nicht unbeträchtliches Vermögen hinterlassen.
Nicht noch einmal wollte die ‚Buchsenkolonne‘ zu harten Gegenmaßnahmen greifen und so machten sie die Bürger mobil, gegen das Güllekraftwerk zu protestieren. Daher nahmen eines

Abends mehrere hundert Gegner Aufstellung vor Frischwinds Hof, um zu demonstrieren. Fünf rüstige Rentner standen an vorderster Front. „Güllekacke, Güllekacke, hoi, hoi, hoi!", riefen sie.

„Bürger machen gegen furzende Bakterien mobil!", titelte die Lokalpresse am nächsten Tag.

Rita beindruckte das alles wenig. Sie hatte mittlerweile einige Mitarbeiter eingestellt, die mit ihr den Hof bewirtschafteten. Bald wurde auch das Güllekraftwerk in Betrieb genommen.

„Das wird den furzenden Bakterien jetzt zum Verhängnis", waren sich fünf Männer einig.

So schlichen in einer lauen Sommernacht fünf dunkle Gestalten über das Gelände der Anlage. Eine der Gestalten öffnete vorsichtig mit einem Brecheisen eine kleine Luke des Fermenters, ließ einen Chinaböller, an dem ein kleines Gerät installiert war, an einer Schnur hineinhängen und zog die Luke wieder zu.

Die Fünf entfernten sich vom Gelände und huschten an der Waldgrenze hinter einen kleinen Erdwall. Dort versteckten sie sich unter dunklen Regenschirmen im Gebüsch. Es waren die Buchsenkolonnisten.

Klaus zog ein älteres Handymodell aus der Tasche. Bernie wunderte sich: „Willste mit den Furzbakterien telefonieren, oder was?" „Quatsch! Mit solchen Typen red ich nicht", klärte Klaus seine Kollegen auf. „Das ist die Fernzündung!"

„Bei drei drück ich ab", flüsterte Klaus. Die Senioren zählten langsam. „Eins - zwei - und die letzte Zahl ist drei!" Klaus drückte eine Taste des

Handys. Das Display leuchtete auf. Im gleichen Moment ließ die Männer ein ohrenbetäubender Knall zusammenschrecken. Bauteile und Gülle wurden durch die Explosion hoch in die Luft geschleudert. Kleine Teilchen prasselten auf die gespannten Schirme nieder. Die Buchsenkolonnisten nickten sich grinsend zu, bevor sie in der Dunkelheit verschwanden. Der Gestank war unerträglich.

Für Mellen war dieser Unfall, dessen Ursache laut der später erstellten Gutachten durch einen Defekt an der Halterung des Fermenterdachs verursacht sein sollte, ein Segen. Und das in jeglicher Hinsicht!

Ulrike Spieckermann

## Der weiße Hai vom Bürgerbad
## (Tatort Menden)

Mutti lag noch in tiefem Schlaf. Gut so. In letzter Zeit baute sie immer mehr ab, und der Tag- und Nachtrhythmus hatte sich dahingehend verschoben, dass sie nachts hellwach und tagsüber hundemüde war. Seit Dr. Holzmüller ihr jedoch dieses neue Schlafmittel verordnet hatte, bewegten wir uns langsam wieder in Richtung Normalität. Mutti konnte nach Einnahme dieses Mittels innerhalb von 15 Minuten schlafen wie ein Baby, und auch für mich waren die Nächte wieder erholsam. Bevor sie morgens erwachte, gönnte ich mir einige Schwimmrunden, um mich auf den Tag einzustimmen.

Ich zog mir den Badeanzug an, warf mir meinen Bademantel über und trottete in meinen Badelatschen durch das kleine Gässchen Richtung Leitmecke. Schon als Kind war das Freibad meine zweite Heimat gewesen, schließlich wohnten wir quasi nebenan. Im Sommer verging kein Tag, an dem ich nicht schwimmen gewesen wäre. Nun, da ich nach so langer Zeit wieder in Menden war und für einige Wochen wohl noch hier bleiben würde, genoss ich das nostalgische Gefühl, wieder dort zwischen Wiesen, Bäumen und Himmel meine Bahnen zu ziehen.

Glücklicherweise hatte ein Förderverein den Betrieb des Freibades übernommen. Viele ehrenamtliche Helfer waren unermüdlich im Einsatz, um es als Anziehungspunkt zu erhalten.

Dankbar glitt ich ins Wasser und drehte die erste Runde. Es machte Spaß, die Frühschwimmer-Gruppe zu beobachten. Langsam, aber sicher akzeptierten sie mich als Teil ihrer Gemeinschaft, und die zum Teil etwas kauzigen Menschen wuchsen mir mehr und mehr ans Herz.

Ich genoss jeden Morgen die stets gleich ablaufenden Rituale und Gewohnheiten.

Paul, das Auge, saß wie gewöhnlich auf seinem Hochsitz und betrachtete mit seinen Adleraugen das Schwimmerbecken. Wie jeden Morgen teilte die kleine Zierliche mit dem Kurzhaarschnitt als Erste nach mir die Wasseroberfläche mit ihren durchtrainierten Armen. Der Kopf mit der weißen Sportbadehaube hob und senkte sich würdevoll bei jedem Schwimmzug. Im Brustschwimmen machte niemand ihr etwas vor, das beherrschte sie perfekt. Sie schwebte fast waagerecht mit stetigen Bewegungen durch das Wasser, voll konzentriert, fast meditativ.

Ich musste grinsen, denn die Frühschwimmer in der Leitmecke erschienen meist wie nach einem abgesprochenen Zeitplan. Belustigt schaute ich auf die große Uhr.

Fünf Minuten nach der kleinen Zierlichen trudelte in der Regel der kleine Dicke ein. Und da war er auch schon, pünktlich wie die Feuerwehr. Er rollte wie ein kleines Fass durch die Gegend. Sein Bauch war fast vollkommen rund und prall, und wenn er sich ins Wasser begab, trudelte er davon wie eine Boje. Schwimmen konnte man es nicht nennen, was er da machte, aber er hielt sich zumindest an der Oberfläche, und das war die Hauptsache.

Nun müsste das Mannweib kommen, und da schoss sie auch schon zum Becken. Viel Frauliches hatte sie nicht an sich, von Weitem hätte man sie gut für einen Kerl halten können. Sie stieg auf einen Klotz und sprang mit flachem Startköpper ins Wasser, um dort kraulend ihre Bahnen zu ziehen. Niemand begab sich in ihre Nähe. Wenn das Mannweib schwamm, dann kannte sie keine Verwandten und pflügte unaufhaltsam durch das kühle Nass.

Zeit für die mit dem Gestrüpp unter den Achseln. Ich konnte mir vorstellen, dass sie diesen Wildwuchs aus purer Bockigkeit nicht rasierte. Wenn sie, wie immer, mit ausgebreiteten Armen rückwärts am Beckenrand hing und ihre Beingymnastik machte, schwebten ihre Achselhaare in der Dünung hin und her wie Wasserpflanzen.

Meist kam kurz nach ihr auch die dicke Schwabbelige mit der Blümchenbadehaube an. Unter ihrem riesigen Handtuch quetschte sie ihre vielen Speckrollen in einen geblümten Badeanzug mit stützendem Brustgummi, der ihre gewaltige Oberweite nur unter Wasser wirklich im Zaum halten konnte. Schwer atmend ließ sie sich an der Leiter hinab, um sich schleunigst dem Fass als Zweitboje anzuschließen.

Nun war meist ein bisschen Ruhe, und Paul, das Auge, beobachtete die Schwimmer mit Argusaugen.

Ich stieß mich vom Beckenrand ab und begann meine zehnte Bahn. Ich zählte die Minuten. Zeit für den Playboy.

Wie in Zeitlupe schritt er, den Po zusammengekniffen, die Brust nach vorn gestreckt, am Beckenrand entlang, zeigte gebräunte Haut, weiße Zähne, eine knappe Badehose und, egal wie das Wetter war, seine obligatorische Sonnenbrille, die er auch im Wasser nicht absetzte. Alle beobachteten ihn verstohlen, und das wusste er ganz genau. Er präsentierte sich ein paar Mal im Auf- und Abgehen, bevor er langsam die Leiter zum Dreier erklomm, die Sonnenbrille in die Hose steckte, oben einige Zeit auf dem Sprungbrett wippte, um sich dann abzustoßen und mit einer Zweifach-Schraube fast ohne Spritzer in die Wasserfläche zu bohren.

Dies wiederholte er, so oft er Lust hatte, und der Playboy hatte oft Lust.

So weit waren zwar alle etwas schrullig, aber friedlich. Niemand kam den anderen in die Quere, und hin und wieder organisierten sie sogar an den Wochenenden ein gemeinsames Frühstück. Es hätte so schön sein können.

Aber nein, der unvermeidliche Helmut Weiß war leider wieder präsent. Ich konnte mir meist keine Namen merken, aber den von Helmut Weiß schon. Helmut Weiß war der unangenehmste Rüpel-Rentner, dem ich je begegnet war.

Wie mir die anderen Schwimmer erzählt hatten, war er einer der wenigen, die mit dem Auto kamen. Beim Parken touchierte er dabei entweder eins der abgestellten Fahrräder oder brachte es fertig, ein anderes Auto auf einem fast leeren Parkplatz total zuzuparken. Wenn er ausstieg, warf er seine noch glühende Zigarettenkippe achtlos weg. Einmal war sie auf dem Rücken eines Rehpinschers gelandet, der frühmorgens dort Gassi geführt wurde. Das muss ein jämmerliches Geheul gewesen sein. Das arme Tier. Helmut jedoch tat alle Beschwerden mit einer Handbewegung ab. Ihn interessierten seine Mitmenschen nicht besonders, und Tiere schon gar nicht. Beim Schwimmen benahm er sich nicht viel besser. Mit seiner weißen Haarpracht und seinem Stil, sich im Wasser zu bewegen, hatte er sich den Spitznamen „der weiße Hai" erarbeitet, was für ihn eigentlich viel zu schmeichelhaft war. Der weiße Hai ließ sich nicht etwa ruhig und unauffällig zu Wasser.

Nein, jede Aktion startete er mit einer gewaltigen Arschbombe, die einen Mini-Tsunami durch das Becken jagte.

Die Bojen hüpften auf und ab, die kleine Zierliche schluckte Wasser, der Playboy verlor seine Eleganz und landete mit einem gewaltigen Platsch in der Tiefe, und die Haarbüschel von Gestrüppi spielten verrückt.

Lediglich das Mannweib ließ sich nicht aus der Ruhe bringen und zog weiter ihre Bahnen.

Dann bewegte sich Helmut zum Beckenrand, glitt unter Wasser und stieß sich mit den Beinen so fest ab, dass er unter Wasser wie ein weißer Hai dahinsauste, bis er keine Luft mehr bekam. Und damit fing jedes Mal das Theater an.

Wenn ihm die Luft knapp wurde, stieß Helmut nach oben durch die Wasseroberfläche, um laut schnaubend einzuatmen. Leider hatte er unter Wasser immer die Augen geschlossen, sodass er nicht ausweichen konnte und meistens eine oder mehrere der anderen Personen empfindlich aus der Bahn katapultierte.

Wenn das Wasser quirlte und laute Unmutsrufe ertönten, dann hatte der weiße Hai mal wieder jemanden erwischt. Oft waren es die Bojen, die angerempelt wurden und ordentlich Wasser schlucken mussten. Er hatte aber auch die anderen schon des Öfteren mit seinen ausgestreckten Armen förmlich aufgespießt. Ich selber war auch schon in den Genuss seiner Art gekommen, und ich muss sagen, es machte nicht wirklich Spaß, von unten mit ausgestreckten Armen angepiekst zu werden.

Entrüstung machte sich Luft.

„Pass doch auf, du Idiot“, schrie das Fass, wobei er sich wieder verschluckte und hustend und prustend beinahe abgesoffen wäre.

„Iiiih, meine Frisur“, krakeelte die Buschige. Sie klammerte sich am Beckenrand fest, während die gewaltige Welle an ihr zerrte. Die kleine Zierliche war etwas vornehmer. „Pass auf, wo du auftauchst“, war alles, was sie ihm sagte.

Helmut Weiß scherte sich nicht um den Tumult, den er regelmäßig provozierte. Er schnaubte nur abwertend und setzte seine Tauchattacken fort, bis sich Paul schließlich aus seinem Hochsitz erhob, die Trillerpfeife an die Lippen nahm und kurz und kräftig hineinblies. Mit ausgestrecktem Arm signalisierte er dem weißen Hai, sich sofort aus dem Wasser zu begeben.

Dieser kletterte zwar brav die Leiter hoch und setzte sich zunächst leicht schnaufend auf eine der Bänke, die rund um das Becken installiert waren, allerdings sah man ihm an, dass er nicht gewillt war, die ganze Zeit hier zu verbleiben.

Paul kam von seinem Hochsitz herunter und baute sich vor dem weißen Hai auf.

„Helmut, so geht das nicht", sagte er. „Du weißt ganz genau, dass ich dein Benehmen nicht dulden darf. Du vergraulst uns die Badegäste. Und wenn du schon tauchen musst, dann setz, verdammt noch mal, wenigstens eine Chlorbrille auf, damit du siehst, wo die anderen sind und du woanders auftauchen kannst, wo du niemanden störst."

„So weit kommt das noch", sagte Helmut, „ich setze doch nicht so eine bekloppte Klobrille auf."

„Nicht KLOBRILLE, CHLORBRILLE", verbesserte Paul ihn.

Helmut grinste. „Reingefallen. Ich weiß diese beiden Brillen schon zu unterscheiden, Paul, aber es ist so schön, wenn du dich aufregst."

Paul sagte nichts mehr, sondern warf Helmut einen finsteren Blick zu.

Er stellte sich breitbeinig am Beckenrand auf und zählte die Badegäste kurz durch.
Nicht, dass in der Zwischenzeit jemand abgesoffen war.
Aber alles war in bester Ordnung, die Formation war wieder wie immer.
Nun zogen wir alle noch ein paar letzte Bahnen, bevor wir uns, wie gewöhnlich, gleichzeitig zu den Duschräumen begaben. Das Wasser schwappte träge im Becken, die Duschen rauschten, und die Stimmen der Frauen vermischten sich mit dem Lachen der Männer.
Als ich nach dem Duschen herauskam, sah ich Paul, der sich einen Kaffee aus seinem Kabuff holte. Er hatte anscheinend erstmal Pause.
In der Zwischenzeit waren alle Frühsportler fertig. „Tschüss, Paul", tönte es nacheinander aus allen Kehlen. Paul hob die Hand zum Gruß und nippte seinen ersten Schluck Koffein.

Nachdem der weiße Hai mit seinem VW Golf abgerauscht war, begaben wir anderen uns noch zum nahegelegenen Café Lödige, wo wir zwei Tische zusammenschoben und uns gemütlich daran niederließen. Nachdem wir alle unseren Kaffee und ein Hefeteilchen erhalten hatten, ging es schon los. „So kann das mit dem weißen Hai nicht weitergehen", beschwerte sich Gestrüppi, „ich kann ja kaum noch meine Gymnastik machen, so wie der sich aufführt." „Und mir hat er heute wieder einen Bauchtritt versetzt. Jetzt ist mir wahrscheinlich wieder die ganze Woche schlecht", maulte das weibliche Fass. „Und dich hat er doch mit seinen Fingernägeln am Bauch geritzt, woll?", ergänzte sie und haute ihrem männlichen Gegenstück den Ellenbogen in die Rippen. „Ja, wollter mal sehen? Hier, diese Schramme, die ist von eben", sprang dieser auf, hob sein Shirt an und gewährte uns einen Blick auf seinen gewaltigen Bauch. Alle bewunderten den roten Striemen, der sich mitten über die Speckrollen zog.

„Bist du gegen Tollwut geimpft?", wollte das Mannweib wissen. „Nicht Tollwut; TETANUS", belehrte sie der Playboy. Frau Mannweib warf ihm einen giftigen Blick zu. „Mein lieber Rottgar, (passender Name für einen Playboy, fand ich) wenn du nicht immer so sehr mit dir selber beschäftigt wärest, hättest du die Ironie in meiner Bemerkung wohl verstanden."

„Jetzt hört doch mal auf", mischte sich Fass weiblich ein, „heute geht es doch wohl um was Wichtigeres als Eure Kämpfkes. Wie soll es mit unserer Sportgemeinschaft weitergehen? Was machen wir denn nun mit dem weißen Hai?"

„Na, das Schwimmen wird man ihm nicht verbieten können", meinte das Mannweib mit säuerlichem Unterton. „Das einzig wirksame Mittel wäre Mord." Alle lachten. „Ja, ja, ein schöner ordentlicher Mord in der Leitmecke, da hätten die Mendener mal wieder fette Schlagzeilen."

„Wieso mal wieder?", fragte ich, „Ist Menden denn ein so gefährliches Pflaster geworden?" Das männliche Fass lachte, dass sein Bauch vibrierte.

„Du warst aber lange nicht hier, oder? Sonst hättest du durchaus den ein- oder anderen Mord hier mitbekommen.“

„Nein, ich bin vor einigen Jahren nach Italien ausgewandert und nur für ein paar Wochen hier, weil meine Mutti mich braucht. Und ich gestehe, dass ich mich bisher nicht online auf dem Laufenden gehalten habe.“ „Schade“, antwortete der Dicke, „das solltest du demnächst unbedingt machen, dann bleibst du der Heimat besser verbunden. Aber eigentlich hast du ja nur sauerländische gegen italienische Provinz getauscht, woll?“ Alle lachten schallend. Ganz Unrecht hatten sie nicht. Auch Italien hatte seine Kaffs.

Nachdem sich alle wieder beruhigt hatten, kam das Mannweib noch einmal auf das Thema „Mord“ zu sprechen. „Also, ich meinte das eben durchaus ernst“, sagte sie.

Wir sahen sie erschrocken an. „Tut doch nicht so scheinheilig, ihr findet ihn doch auch überflüssig, und manchmal muss man sich eben selber helfen, weil es sonst keiner tut.“ Nach einem kurzen Moment meldete sich das Fass zu Wort: „Na, wie willst du das denn anstellen? Ihn erschießen? Ich jedenfalls habe keine Pistole, auch kein Gewehr, da kann ich schon mal nicht mitmorden.“ „Papperlapapp“, warf das weibliche Fass ein, „das machen wir viel geschickter. Wir schrauben das Gitter von dem Ansaugrohr ab, und wenn er taucht, dann wird er mit dem Arm in das Rohr gesaugt und säuft jämmerlich ab.“ „Wie soll das denn gehen?“, fragte Gestrüppi. „Wir müssten erst die Filteranlage abstellen …“ „Na und“, unterbrach sie das weibliche Fass, „ich kenne doch alle Vereinsmitglieder hier, da wird doch wohl einer einen Schlüssel haben, um nach Feierabend hereinzukommen …“ „Ihr seid doch alle bescheuert,“ meinte der Playboy, „als wenn das nicht auffiele. So ein Quatsch, das funktioniert nur im Film, aber nicht in der Leitmecke in Menden.“

„O.k., dann vielleicht Drogen“, schlug die kleine Zierliche vor. „Und du bezahlst sie und besorgst sie uns, weil du so tolle Verbindungen zu Drogendealern hast“, lachte sich das männliche Fass kaputt. „Pah, es können ja auch Medikamente sein“, verteidigte sie Fass weiblich. „Ja, die haben wir alle massenhaft zu Hause rumliegen, und niemand schöpft Verdacht, wenn der weiße Hai mit Überdosen von was-weiß-ich im Blut abkackt“, erwiderte er.

Es hatte keinen Zweck. Egal, was wir uns auch ausdachten, alles schien undurchführbar zu sein. Eigentlich glaubte ich nicht, dass auch nur eine Person sich ernsthaft mit Helmuts Ableben beschäftigte. Die Unterhaltung hatte sich aufgeschaukelt, und alle trugen ihre Erfahrungen mit Mordmethoden aus dem *Tatort* bei. „Was sollen wir denn nun unternehmen?“, fragte der Playboy. „Erstmal gar nichts“, erwiderte die kleine Zierliche, „wir warten ab, und wenn er sich partout nicht bessert …“ „… knallen wir ihn ab“, ergänzte das Mannweib. Alle stöhnten auf.

„Das hatten wir doch schon“, sagte ich trocken, „vielleicht müssen wir uns mit ihm einfach abfinden, hilft ja nichts.“ Mit diesem Spruch beendete ich unseren Kaffeeklatsch, und wir trennten uns, ohne ein Ergebnis erzielt zu haben.
Als ich abends an die Unterhaltung zurückdachte, war ich mir jedoch gar nicht mehr sicher, ob wirklich niemand diese Mordpläne ernst genommen hatte.

In den nächsten beiden Wochen blieb die Stimmung angespannt. Der weiße Hai führte sich auf wie immer, und die anderen Schwimmer wurden immer genervter. Ich bildete da keine Ausnahme, und nachdem das Mannweib versehentlich barfuß in eine seiner noch glühenden Kippen getreten war, gelangte die Stimmung endgültig an den Nullpunkt.

Auch zu Hause war es anstrengend. Mutti ging es zusehends schlechter. An manchen Tagen erkannte sie mich gar nicht mehr, dann wieder war ihr Geist kristallklar.
An einem Nachmittag saß ich mit ihr auf der Terrasse. Glücklicherweise hatte sie mal wieder einen hellen Moment. Das tat mir gut. Fast war sie wieder die Alte. Sie bat mich, Fotoalben mit ihr anzuschauen. Sie war jetzt mit ihren Gedanken immer häufiger in der Vergangenheit, und sie liebte es, alte Fotos zu betrachten und zurückzudenken.

Als ich mit dem dunkelbraunen Album zurückkam, schlug sie es begeistert auf. Mit dem Finger zeigte sie auf ein Foto nach dem anderen und erzählte mir Geschichten über die Personen. Alle Tanten und Onkel, Nichten, Neffen, Cousinen, Schwäger, Schwägerinnen und was es noch so an Verwandten gab, bekamen im Nachhinein die ihnen gebührende Aufmerksamkeit.

Auf einmal stutzte Mutti und zeigte mit ihrem Finger immer wieder auf ein abgewetztes Foto meines Vaters. „Da war Papa noch bei uns, Kind, kannst du dich erinnern?" „Ja, Mutti, ich weiß", sagte ich leise. „Wenn dieser schreckliche Mensch damals besser aufgepasst hätte, wäre der Unfall nicht passiert und Papa wäre noch am Leben", weinte Mutti vor sich hin. „Mutti, das ist doch alles schon so lange her."

„Ja, Kind, und so viele Jahre musste ich ohne deinen Vater sein. Wenn ich diesen Mann zu fassen bekäme, ich würde ihn umbringen." „Mutti", mahnte ich, „wir wissen doch gar nicht, wer es war …" „Ha, das habe ich dir immer erzählt", ereiferte sich Mutti, „aber ich weiß genau, wer es war. Er heißt Helmut Weiß und …" „Helmut Weiß?", fragte ich nach, „Bist du sicher?" „Ja, ganz sicher, Kind. Er wohnte irgendwo im Lahrfeld. Ich hätte ihm schon damals was angetan, aber dann wäre ich ja in den Knast gekommen und hätte dich nicht aufziehen können."

„Mutti, bist du da ganz sicher?", hakte ich nach.

„Da, hol mal das beige Album. Darin sind die Zeitungsartikel von damals", sagte Mutti. Ich kannte das beige Album noch gar nicht. Sie hatte es wahrscheinlich vor mir versteckt, damit ich als Kind nicht dauernd mit der Tragödie konfrontiert wurde.

Ich schlug es auf. „Siehst du, da sind die Artikel, die habe ich alle ausgeschnitten und verwahrt", sagte Mutti und hämmerte mit dem Zeigefinger auf den vergilbten Zeitungsausschnitten herum. Dann fing sie an zu weinen und war nach einigen Minuten wieder in ihre geistige Umnachtung zurückgekehrt. „Wer sind Sie und was machen Sie hier in meiner Wohnung?", empörte sie sich. Ich seufzte. Schade, nun fing der schwierige Teil des Tages an. Ich nahm meine zeternde und sich wehrende Mutter am Arm und versuchte sie zu beruhigen.

Den Rest des Tages hatte ich alle Hände voll zu tun, um sie einigermaßen in  den Griff zu bekommen. Erst als sie abends mit ihrem Schlafmittel von Dr. Holzmüller im Bett lag und endlich schlief, holte ich das beige Album wieder hervor und las die Zeitungsartikel in Ruhe durch.

„… der Unfallverursacher Helmut Weiß wurde vom Vorwurf der Tötung freigesprochen. Es handelte sich um einen tragischen Unfall …"

Auch wenn es keine Absicht gewesen sein mochte, ein Raser war er gewesen und hatte uns durch seinen Leichtsinn und seine verdammte Rücksichtslosigkeit den Mann und Vater genommen.

Es war auch ein Foto von ihm dabei, und ich fand meine Vermutung bestätigt: Dies war Helmut

Weiß, den ich als „den weißen Hai vom Bürgerbad" nur zu gut kannte.

Zorn stieg in mir auf. Man hatte mir als Kind gar nicht alles über den Unfall erzählt. Dass Papa von einem Auto überfahren worden sei, und leider habe der liebe Gott ihn schon bei sich haben wollen. Ich hatte das alles so geschluckt. Zugegeben, es hatte mir den Abschied von meinem Vater erleichtert. Allerdings traf es mich nun umso unvorbereiteter und härter. Da hatte dieser Rüpel schon damals rücksichtslos auf die Tube gedrückt und meinen Vater einfach umgenietet, so wie er jetzt im Bürgerbad die Badenden anrempelte und keine Rücksicht nahm.

Ich musste würgen. Mir war schlecht.


Am nächsten Wochenende gab es wieder ein Frühstück in der Leitmecke. Ich hatte mich bereit erklärt, mitzuhelfen und für Kaffee zu sorgen. Jeder brachte etwas mit, der eine Brötchen, der nächste Wurst, wieder ein anderer Marmelade, und so hatten wir bald ein fürstliches Frühstücksbuffet aufgebaut.

Auch der weiße Hai war erschienen. Wie immer hatte er allerdings nichts zum Frühstück beigetragen. Er setzte sich wie selbstverständlich und langte kräftig zu.

Ich merkte, wie dies den anderen gegen den Strich ging, aber niemand traute sich, ihn in die Schranken zu weisen und ihm die Brötchen zu verweigern.

Wer Kaffee haben wollte, kam zu mir und ließ sich aus den Thermoskannen von mir eingießen. Schweigend teilte ich den Kaffee aus. Als Letzter stand Helmut Weiß in der Schlange. Ohne Zweifel war er derjenige, der meinen Vater auf dem Gewissen hatte. Ich musste ihn angestarrt haben, denn er fragte: „Ist was mit dir?“ „Nein, alles okay, ich war nur in Gedanken“, erwiderte ich und goss ihm seinen Kaffee ein. Dass ich vorher einige Pillen von Dr. Holzmüller in die Tasse gleiten ließ, bemerkte niemand. Ich wusste, dass nach 15 Minuten ein Knock-out zu erwarten war, und wartete geduldig ab.

Bald waren alle gesättigt und saßen faul beieinander.

„Wie wäre es mit einer Schwimmrunde, damit wir alle wieder in die Gänge kommen?“, fragte ich. „Och nee, ich bin noch so vollgefuttert“, maulte das männliche Fass. „Ja, warum eigentlich nicht?“, sagte die kleine Zierliche.

Nach und nach bekamen sie doch alle Lust, eine Runde zu drehen, sogar der weiße Hai, obwohl er immer wieder laut gähnte. „Ich weiß gar nicht, was heute mit mir los ist“, sagte er mit weit aufgerissenem Mund, „das kenne ich sonst gar nicht.“ „Das kommt vom Rumsitzen“, meinte ich kühl, „am besten, du schwimmst auch mit, dann bist du gleich wieder taufrisch.“

„Hast ja recht“, sagte der weiße Hai, und das waren definitiv die letzten Worte seines Lebens.

Nachdem er sich zu Wasser gelassen hatte und alle Schwimmer ihre gewohnte Position eingenommen hatten, schoss auch der weiße Hai wie immer durch das Wasser und rempelte ordentlich. Allerdings hörte er damit bald auf. Man sah ihn nur noch unter Wasser hin und herschwimmen, ohne dass er jemanden gepiekst hätte.

Ich sah, wie seine Bewegungen nach und nach immer langsamer wurden, und er kam auch nicht mehr so häufig nach oben zum Luft holen.

Aus den Augenwinkeln beobachtete ich den Bademeister. Immer wenn er in die Richtung von Helmut Weiß schaute, schob ich mich vor ihn und blockierte so die Sicht auf ihn. Paul das Auge dachte sich anscheinend nichts dabei und lächelte mir zu. Ich winkte ihm zu und plantschte fröhlich herum. Dabei schielte ich immer wieder zu Helmut Weiß hinüber.

Wie lange war er nicht mehr aufgetaucht? Eine Minute? Zwei? Ich beschloss, ihm noch etwas mehr Zeit zu geben und achtete immer gut auf meine Position. Wenn Auge ihn zu früh erblickte und merkte, dass mit ihm etwas nicht stimmte, dann waren alle meine Bemühungen umsonst.

Den anderen Schwimmern schien gar nicht aufzufallen, dass der weiße Hai heute kcinc Ambitionen zeigte, sie zu piesacken. Eigenartig. Niemand schaute auch nur in meine Richtung, niemand machte eine Bemerkung. Alle waren fast meditativ mit ihren Schwimmzügen beschäftigt. Auch Auge, dem doch das fehlende Protestgeschrei langsam auffallen musste, wirkte unbeteiligt und entspannt.

Nachdenklich kreiste ich über Helmut Weiß. Bald sah ich, dass der weiße Hai antriebslos durch das Wasser trudelte. Kleine Luftbläschen kamen aus Mund und Nase und trieben träge zur Wasseroberfläche. Sein weißes Haar schwebte im Wasser hin und her wie Algen. Er sah richtig tot aus, aber ich wollte ganz sicher gehen und gab ihm noch ein paar Minuten.

Dann schwamm ich mit kräftigen Schwimmzügen weiter und gab den Blick auf ihn frei. Es dauerte immer noch eine Weile, bis Paul das Auge ihn durch das Wasser erblickte. Mit einem schnellen Köpper schoss er in die Tiefe und zog den leblosen Körper an die Wasseroberfläche, legte ihn neben den Beckenrand und begann mit der Herzmassage.
Eine Rippe knackte, Paul massierte und beatmete, massierte, beatmete, während das männliche Fass einen Krankenwagen rief.
Es dauerte nicht lange, schon waren die Sanitäter zur Stelle.
Sie lösten den erschöpften Paul ab, aber nach kurzer Zeit stellten sie ihre Wiederbelebungsbemühungen ein und schüttelten den Kopf.
Sanft bedeckten sie ihn mit einer Decke.

Wir Schwimmer verließen leise das Becken und bildeten einen Kreis um den weißen Hai. Einige bewegten die Lippen, ich glaube, sie beteten, andere schüttelten immer wieder den Kopf. Manche bewegten sich gar nicht.

Ich versuchte, unauffällig zu bleiben und machte ein betroffenes Gesicht.

Als ich verstohlen in die Runde schaute, merkte ich, wie sich die anderen gegenseitig unauffällig zunickten und mich von oben bis unten anerkennend musterten.

Ganz geheuer war mir das nicht. Man konnte sie förmlich denken sehen. Neulich hatten wir uns an Mordplänen versucht. Allerdings hatte der weiße Hai definitiv kein Einschussloch, und es gab auch keine anderen Anzeichen äußerer Gewalteinwirkung. Wie Helmut umgekommen war, wusste nur ich, niemand war eingeweiht, und doch … Ich erwartete eigentlich, dass jemand Zweifel an einem natürlichen Tod äußern würde. Dann wäre eine pathologische Untersuchung fällig gewesen. Aber niemand sagte ein Wort, niemand äußerte eine Vermutung, und auch Auge blieb stumm wie ein Fisch.

So kam es, dass der hinzugekommene Arzt ohne weitere Zweifel Tod durch Ertrinken attestierte. Er nahm an, dass der Tote zu schnell nach dem Essen ins kalte Wasser gesprungen war, und führte das Ertrinken auf Kreislaufversagen zurück.

Alle Anwesenden nickten dies ab. Schuldbewusst pressten sie die Lippen aufeinander. Klar, sie waren froh, dass der weiße Hai nun keinen Schrecken mehr verbreiten konnte, aber niemand traute sich, seine Freude zu zeigen. Das gehörte sich einfach nicht.

Sobald die Leiche abtransportiert war und die Leitmecke für den Rest des Tages ihre Pforten schloss, lief ich zu Mutti.
Sie war gerade aufgewacht und schaute mich mit klarem Blick an.
„Guten Morgen, meine einzige und liebste Tochter", begrüßte sie mich. Ich war erleichtert. Sie war mal wieder voll da.
„Mutti", sagte ich liebevoll, „ich muss dir was ganz Tolles erzählen."
Und so brachte ich ihr die frohe Botschaft, dass der Mörder meines Vaters nun selber vor seinem Schöpfer stand.
Mutti seufzte zufrieden, stieß langsam die Luft aus und schloss die Augen.

Der Tod des weißen Hais wurde in der Presse als tragischer Unfall dargestellt, genau wie damals der Tod meines Vaters. Eine tiefe Ruhe überkam mich. Vater war gerächt. Mutti blieben noch ein paar Wochen, dann schlief sie friedlich für immer ein.

Ich brauchte noch ein paar Tage, um alles Nötige zu regeln. Viel war es nicht mehr, denn Mutti hatte sich rechtzeitig um alles gekümmert.
So blieb mir nicht mehr viel, als sie im Kreise der Familie zu beerdigen und mich wieder auf den Weg nach Italien zu machen.
Ich ging noch ein letztes Mal in die Leitmecke, in voller Montur, um mich zu verabschieden.

Der Sommer neigte sich dem Ende zu, und die Schwimmsaison würde bald vorüber sein. Wir schwelgten noch einmal in Erinnerungen des Sommers, und als die Sprache auf den weißen Hai kam, wurden alle ganz still.

„Wir haben uns gefragt", begann das weibliche Fass, „ob Helmuts Tod natürlich war oder doch künstlich herbeigeführt."

„Aha?", sagte ich mit einem schwummrigen Gefühl im Bauch.

„Ja, und wir denken, dass sich schließlich einer von uns ein Herz gefasst und ihm irgendwas eingegeben hat."

Nacheinander kamen alle auf mich zu und klopften mir freundschaftlich auf die Schulter.

Mir wurde langsam etwas schlecht. Fragend blickte ich in die Runde.

„Ja, also", begann das männliche Fass, machte ein paar Schritte auf mich zu und holte hinter seinem Rücken einen riesigen Blumenstrauß hervor, „egal, wer auch immer sich erbarmt hat, wir sind froh darüber, und, äh", das Mannweib unterbrach sein Gestammel, nahm den Blumenstrauß, drückte ihn mir in die Hand und sagte: „Wir möchten uns hiermit bei dir verabschieden. Vergiss uns nicht und komm uns gern mal wieder besuchen." Dann drückten mich alle noch einmal herzhaft und winkten mir zum Abschied zu.

Den Blumenstrauß legte ich an Muttis Grab nieder. Sie hatte ihn verdient.

Gabriele Schumann

## Eine Leiche auf Reisen
## (Tatort Hemer)

Klaus fluchte lauthals vor sich hin. Er mühte sich gerade mit der Reparatur des Leichenwagens eines in Hemer ansässigen Bestattungshauses ab. Er befürchtete, wenn das so weiter ging, irgendwann bestimmt selbst als Leiche darin zu liegen. Hoffentlich kam sein Freund Bernd bald. Mit ihm betrieb er die kleine Autoreparaturwerkstatt im Ohl in Hemer. Leider lief es zurzeit überhaupt nicht gut. Plötzlich hörte er Schritte. „Da bist du ja endlich. Mensch, wo hast du dich denn wieder rumgetrieben?“, rief er empört. „Ich habe mit ein paar Leuten in einer Gaststätte in der Bräucker-straße Skat gespielt. Man muss schließlich wich-tige Kontakte knüpfen“, entgegnete Bernd gut ge-launt. Die Laune von Klaus hingegen war mitt-lerweile auf den Gefrierpunkt gesunken. Alles musste er immer wieder alleine machen. Sein Kumpel nahm das Leben von der leichten Seite.
„Hör mal!“, meldete sich Bernd wieder zu Wort. „Ich habe eine fabelhafte Idee. Wir wollten doch schon immer mal für ein Wochenende nach Hol-land fahren, woll? Ein Bekannter aus der Kneipe, dem ich davon erzählt habe, hat mich gefragt, ob wir ihm vielleicht Gras mitbringen könnten.“ „Gras?!“, fragte Klaus. „Wie sollen wir das denn machen? Wenn wir Pech haben, werden wir kon-trolliert und dann sitzen wir ganz schön in der

Scheiße. Außerdem, wo sollen wir das Zeug denn verstecken?"

Bernd begutachtete gerade den Leichenwagen. „Was fehlt dem denn noch?" „Ach, der ist so gut wie fertig", gab Klaus ihm zur Antwort. „Na prima, den nehmen wir", rief Bernd und schon wurde ein Plan ausgeheckt, der genial schien.

In der Nacht machten sich die beiden auf den Weg und brachen in das Bestattungshaus an der Hauptstraße ein, um einen Sarg zu stehlen. Hier gab es eine sehr schöne Auswahl an Särgen. Der eine hell, der andere dunkel, mit Verzierungen und Beschlägen aus Messing und ähnlichem Material. Die beiden Männer konnten sich gar nicht entscheiden.

Doch auch die Qual der Wahl hat mal ein Ende. Sie entschieden sich für einen schönen hellen Sarg und trugen ihn Richtung Tür. Danach hoben sie den Deckel ab, um zu sehen, wie er von innen beschaffen war. Schließlich wollten die beiden in ihrer Werkstatt noch einen doppelten Boden hineinarbeiten, um das Gras verstecken zu können.

„Sag mal", meinte Klaus zu seinem Kumpel, „sollen wir nicht lieber eine Urne nehmen, die ist nicht so groß und schwer." „Denkst du, wir können darin genug Gras unterbringen?", fragte Bernd. „Aber klar!", antwortete Klaus. „Wenn da die Asche von einem vielleicht 200 Kilo schweren Menschen Platz hat, passen auch jede Menge kleine Tütchen Gras rein." Plötzlich hörten die beiden ein Geräusch. „Ach du Scheiße, da kommt jemand und das mitten in der Nacht", rief Klaus.

„Pst, sei leise, oder willst du entdeckt werden?“, schnaubte Bernd entrüstet. Krampfhaft überlegte jeder für sich, was man jetzt wohl tun könnte.

Ein paar Minuten später ging die Tür auf und eine dunkel gekleidete Gestalt betrat den Raum, beziehungsweise stolperte hinein, da der Sarg ja noch mitten im Weg stand. Ein Gepolter, ein Schrei, danach eine unheimliche Stille. Klaus und Bernd wagten es erst nach ein paar Minuten, ihre Taschenlampen wieder anzuschalten, um nachzusehen, was passiert war. Beide starrten erschrocken in ihren Sarg. Mittendrin lag eine Person mit aufgeschlagenem Kopf. Klaus fasste behutsam nach der Hand des Mannes, um den Puls oder irgendetwas zu fühlen. Nichts! „Wir müssen einen Krankenwagen rufen!“, schrie Bernd voller Panik. „Bist du verrückt? Ich glaube, er ist sowieso schon tot!“, antwortete Klaus verzweifelt. „Wahrscheinlich hat er vor lauter Schreck einen Herzinfarkt bekommen“, meinte Bernd. „Für Tote haben wir ja auch das richtige Transportmittel.“

Und wieder die Überlegungen, was sie jetzt tun könnten. Nichts als Probleme, dachte Klaus. Alles wurde immer komplizierter und das nur wegen dem bisschen Gras. Jetzt lag in ihrem schönen Sarg ein kleiner, schmächtiger, älterer Mann mit weit aufgerissenen blauen Augen. „Den kenne ich, der hat mir den Leichenwagen zur Reparatur gebracht, der arbeitet anscheinend hier“, hörte Bernd seinen Kumpel sagen. „Mensch, jetzt komm endlich, lass uns hier abhauen, sonst werden wir am Ende doch noch erwischt", gab Bernd ihm zur Antwort.

„Und was machen wir jetzt mit dem da?", wollte Klaus wissen. Nach einigem Hin und Her entschlossen sich die beiden, den Sarg samt Leiche mitzunehmen, was natürlich mit Schwierigkeiten verbunden war. Eine fürchterliche Schlepperei. Mit viel Mühe und zwischenzeitlichen Schweißausbrüchen gelang es ihnen, den Sarg in das Auto zu hieven. Eine Urne nahmen die beiden aber auch noch mit, darin wollten sie das Gras verstecken, in dem Sarg lag schließlich schon die Leiche, die entsorgt werden musste.

Bedrückt verließen sie mit ihrer „Beute" das Gelände. Eigentlich wollten die beiden Männer ja nur einen Sarg stehlen. Jetzt kam auch noch eine Leiche hinzu. Wie sollten sie die bloß wieder loswerden?

Am anderen Morgen machte sich Bernd auf den Weg, um Werner, seinen Kumpel aus der Kneipe, zu treffen. Für heute waren sie allerdings in einem Café im Stadtkern verabredet. Hier sollten die Einzelheiten für den Deal, vor allem die finanziellen, besprochen werden. Bernd ging es heute nicht so gut. Er musste immer an den armen Mann denken, der jetzt tot im Leichenwagen lag. Obwohl, es war ja nicht ihre Schuld. Was schlich der Kerl nachts im Sarglager rum.

Als Bernd die Eisdiele betrat, sah er Werner schon an einem Tisch sitzen. Nachdem sie sich begrüßt hatten, kam Bernd sofort zur Sache. Schnell einigten sich die beiden über Menge und

Preis einig. Anschließend machte sich Bernd noch auf den Weg zu einer Metzgerei am Nöllenhof-Center, um Proviant für die Fahrt nach Holland zu besorgen.

In der Zwischenzeit telefonierte Klaus mit dem Bestattungshaus, um mitzuteilen, dass er für die Reparatur des Leichenwagens noch ein paar Tage brauchen würde, weil er ein Ersatzteil besorgen müsse. Die Dame am Telefon klang sehr freundlich und sagte, dass dies kein Problem sei. Wenn die wüsste. Im Hof der Werkstatt wurde Bernd schon von Klaus mit grimmigem Gesicht erwartet. „Hör mal", sagte dieser, „wir müssen uns noch schwarze Anzüge besorgen, wie sollen wir sonst als Bestatter auftreten, falls wir angehalten werden?" „Ich habe noch meinen Konfirmationsanzug", antwortete Bernd. „Ich kann mir nicht vorstellen, dass du da noch reinpasst", meinte Klaus. „Doch, den habe ich neulich zu einer Beerdigung noch getragen", konterte Bernd. „Mensch, mir fällt gerade ein, dass ich auch einen schwarzen Anzug besitze", sagte Klaus. „Den habe ich für meine geplante Hochzeit vor 10 Jahren gekauft, aus der ja dann Gott sei Dank nichts geworden ist." Daheim quetschten sie sich mühsam in ihre etwas aus der Mode gekommenen Anzüge und trafen sich dann in der Werkstatt wieder.

Anschließend machten sich die beiden sofort mit dem Leichenwagen auf den Weg nach Amsterdam, samt Leiche im Gepäck und keinen Schimmer, wie sie die loswerden könnten. Als sie dort ankamen, schlug Bernd vor: „Wir versenken den

Sarg einfach in einer der Grachten, die gibt es ja hier genug." Aber überall, wo sie langfuhren, gingen viele Leute spazieren. Klaus erinnerte sich an einen Friedhof etwas außerhalb der Stadt. Ein entfernter Verwandter war dort mal beerdigt worden. Er erzählte Bernd davon. „Aber erst besorgen wir uns den Stoff." Bernds Bekannter hatte ihm mehrere Anlaufstellen genannt. Sie parkten den Leichenwagen in der Nähe der Innenstadt und machten sich auf die Suche. Kurze Zeit später entdeckten sie schon den ersten Coffeeshop und gingen hinein. Eine etwas düstere Stimmung empfing sie. Es war zum Glück ziemlich leer in dem Laden. Ganz hinten in der Ecke saß eine schon ältere Frau und trank irgendetwas. Klaus und Bernd sahen sich an und Klaus flüsterte: „Die sieht ein bisschen bekifft aus." Die Frau, von der die beiden geraden sprachen, schaute zu ihnen herüber. „Meine Güte, was sind das denn für Typen, der eine hat Hochwasser in der Buchse, dem anderen platzt die Hose sicher gleich", murmelte sie vor sich hin. Klaus und Bernd wurden schnell über den Preis der Ware einig. Danach machten sie sich auf den Rückweg zum Auto, wo sie die kleinen Tütchen in die mitgebrachte Urne verstauten. So etwas würde bestimmt nicht kontrolliert. Als sie sich umdrehten, stand diese Frau aus dem Coffeeshop direkt hinter ihnen. Beide erschraken sich fast zu Tode. „Meine Güte, wo kommen Sie denn her?", fragte Bernd. Die Frau lächelte und fragte: „Sie fahren doch bestimmt zum Friedhof?" Ohne auf eine Antwort zu warten, fuhr sie fort: „Da können Sie mich sicher mitnehmen!“ „Das schon, aber wir haben keinen Platz. Da vorn passen nur zwei Leute hin. Und Sie wollen doch sicher nicht hier hinten neben einer Leiche Platz nehmen, oder?“, erklärte Klaus. „Doch“, sagte diese, kletterte flink in das Auto und setzte sich neben den Sarg. Schon gab es für die beiden Freunde ein neues Problem. Wohl oder übel mussten sie die Alte mitnehmen. „Gut, dass die uns da hinten nicht hören kann“, stöhnte Klaus. „Wir müssen den richtigen Friedhof erst mal finden, so genau kenne ich den Weg auch nicht mehr.“ Nach einigem Hin- und Herfahren rief Klaus: „Dort hinten, bei der kleinen Kirche, das muss es sein!“ „Und was wollen wir da machen?“, fragte Bernd verständnislos. „Wir beerdigen den armen Mann, wie es sich gehört. Schließlich hat jeder eine ordnungsgemäße Bestattung verdient, auch versehentliche Unfallopfer“, gab Klaus zur Antwort. Sie suchten sich einen Parkplatz und halfen der Frau erst mal aus dem Auto. „Vielen Dank, Sie haben mir einen großen Gefallen getan, dass Sie mich mitgenommen haben. Viel Erfolg noch und alles Gute“, verabschiedete sie sich überschwänglich und zog von dannen. Klaus und Bernd fiel ein Stein vom Herzen, die waren sie los. Danach spazierten sie so unauffällig wie möglich über den Friedhof, der aber Gott sei Dank menschenleer schien. Dabei entdeckten die beiden mehrere ausgehobene Gruben. „Hier sterben aber viele Leute“, meinte Bernd, „da kommt es auf eine Leiche mehr oder weniger nicht an. Wir legen unsere einfach hier rein." „Das merkt man doch, dass da schon einer drin liegt", gab Klaus zu bedenken. „Wieso? Wir schaufeln das Grab zu und pflanzen noch ein Blümchen drauf. Bis jemand etwas merkt, sind wir längst über alle Berge. Und wer gräbt schon eine Leiche wieder aus?", entgegnete Bernd.

Zurück beim Leichenwagen hoben sie mit viel Mühe den Sarg aus dem Auto und trugen ihn zu einer der Gruben. Mit zwei dicken Seilen versehen, die sie samt Schaufeln in einem Schuppen gefunden hatten, ließen die beiden den Sarg vorsichtig in die Grube gleiten. Anschließend fingen sie an, die daneben liegende Erde auf den Sarg zu schaufeln. Nachdem Klaus und Bernd die Hälfte geschafft hatten, mussten sie erst einmal eine kleine Pause einlegen. Schweißgebadet ruhten sich die beiden kurz aus und stärkten sich mit den mitgebrachten Leckereien aus Hemer. Danach ging es mühsam wieder ans Werk. Langsam wurde es dunkel und unheimlich auf dem Friedhof. Bernd sah schon überall dunkle Gestalten rumlaufen. „Endlich geschafft, jetzt besorg mal ein paar Blümchen und Steine, damit das Grab schön aussieht", sagte Klaus. „Kannst du das nicht machen, mir ist das nicht geheuer", jammerte Bernd. Klaus verdrehte die Augen, machte sich aber auf den Weg und kam kurze Zeit später mit ein bisschen Material zurück.

Nach getaner Arbeit verließen sie die Grabstätte und machten sich auf den Weg zum Auto. „So, jetzt aber nichts wie weg hier, bevor noch irgendeiner etwas merkt", sagte Klaus. Endlich saßen sie im Auto und konnten sich auf den Heimweg machen.

Nachdem die beiden schon eine ganze Weile gefahren und mittlerweile wieder in Deutschland angekommen waren, wurden sie von einer Polizeistreife angehalten. „Allgemeine Verkehrskontrolle", sagte ein junger Polizist ganz höflich. „Fahrzeugschein und Führerschein, bitte. Was führen sie denn mit sich? Eine Leiche vielleicht?" „Nein, nur eine Urne mit ein bisschen Gras", gab Bernd humorvoll von sich. Klaus wurde es schon heiß und kalt. Der Polizist lachte und sah seine Kollegin fragend an. „Sollen wir uns den Inhalt mal ansehen?" „Nein bloß nicht, das bringt Unglück. Störung der Totenruhe", rief seine Kollegin. „Stimmt's meine Herren?" „Natürlich ist in der Urne die Asche eines Menschen, mein Kollege beliebt zu scherzen", antwortete Klaus. Als das geklärt war, durften die beiden weiterfahren. Kaum außer Sichtweite der Polizei bekam Klaus einen Wutanfall und sprach danach kein Wort mehr mit seinem Kumpel.

Zuhause angekommen machten sie als Erstes den Leichenwagen gründlich sauber. Danach gingen die beiden mit der Urne ins Büro, um sie zu öffnen. Die war nämlich schön mit Klebeband zugeklebt. Als Bernd den Deckel abnahm und hineingriff, kamen anstelle von Gras Blumenzwiebeln zum Vorschein.

„Die bekiffte Alte!", riefen Bernd und Klaus wie aus einem Mund. Bernd fiel rückwärts auf den

nächsten Stuhl. „Die muss uns beobachtet haben, als wir das Gras in die Urne gepackt haben, wie soll ich das nur Werner beibringen", flüsterte er vor sich hin. Aber Bernd wäre nicht Bernd, wenn er sich von diesem Tiefschlag nicht ganz schnell erholen würde.
„Hör mal!", wandte er sich fragend an Klaus. „Wir können den Leichenwagen doch sicher noch bis übermorgen …?"
In diesem Moment schmiss Klaus die Rechenmaschine nach ihm.

Jürgen Luga

## Kein leichtes Spiel
## (Tatort Schmallenberg)

„Charly, komm her. Sitz!" Die Labradordame gehorchte Frauchen aufs Wort und bewegte sich auch dann nicht von der Stelle, als ein Polizeifahrzeug und ein Rettungswagen mit Martinshorngetöse an ihnen vorbeirasten. Lotte, die passionierte Jägerin, Imkerin und Naturliebhaberin aus Berentrop, hatte ihren Freund, den Pathologen Paul Seuthe aus Menden, mit den Worten „Dann kommst du mal wieder raus aus deinem Ganzkörperkondom" zu einem Sonntagsausflug nach Schmallenberg eingeladen. Seit sie vor gut zwei Jahren gemeinsam zur Aufklärung eines Mordfalls beigetragen hatten, war die Freundschaft aus Schulzeiten neu entfacht und sie trafen sich wieder öfter. Für den heutigen Ausflug hatten sie sich den Waldskulpturenweg ausgeguckt.
„Ich hätte gewarnt sein sollen, dein Weg ist einfach mit Leichen gepflastert", spottete Paul, als weitere Fahrzeuge an ihnen vorbeifuhren, am Ende der Kolonne ein Leichenwagen. „Nur gut, dass wir im Ausland unterwegs sind, sonst würde mich mit Sicherheit gleich Kommissar Wiener zum Unfallort beordern. Und noch besser, dass ich weder im Einsatz noch in der Nähe meiner Arbeitsstätte bin." Bald näherten sie sich der Unfallstelle, vor der sich, von weiß-rot gestreiftem Flatterband zurückgehalten, eine Menschenan-

sammlung gebildet hatte. Ein Mann lag merk-
würdig verkrümmt neben einer Eisenwand, offensichtlich Teil eines Gesamtkunstwerks – die
Wand, nicht der Mann. Als Lotte und Paul sich zu
den Schaulustigen gesellten, hörten sie, wie eine
aparte ältere Frau mit einem vor frisch gepflück-
ten Kräutern überquellenden Korb ihrer Nachba-
rin zuraunte: „Den Malotki hat der Blitz getroffen. Ich sag dir, das war der schwarze Abt, der
nun hoffentlich seine letzte Ruhe findet.“
„Mensch, den kenn ich“, entfuhr es Paul. „Wen,
den Malotki?“ „Nein, Lotte, ich meine den Pathologen, das ist Heinz – wir sehen uns hin und wieder bei Fortbildungsveranstaltungen.“ „Ach, ist
das so etwas wie eine Tauschbörse für Leichen-
fledderer?“ Paul ignorierte Lottes ironischen
Kommentar und drängelte sich bereits durch die
Menge. „Hallo Heinz, wenn du Hilfe brauchst ...
müsstest mir nur dein Ersatzoutfit leihen.“ Nach
einer Überaschungssekunde erhellte sich Heinz’
Gesicht, dann winkte er Paul heran: „Wir sind gerade fertig, wollte jetzt eine rauchen gehen,
kommst du mit?“
Lotte hatte unterdessen eine Reporterin entdeckt,
die mit gezücktem Notizblock auf der Suche nach
Zeugen des Hergangs war. Was für eine Story:
Kunstmord in Schmallenberg! Sie war so euphorisch und redselig, dass Lotte ihr mühelos Infor-
mationen entlocken konnte. Beim Opfer handelte
es sich um einen ortsansässigen Galeristen, der
auch überregional gute Kontakte zu Künstlern
und Galerien pflegte. Um die Skulptur – eine In-

stallation aus Eisenkörpern –, an der er nun offensichtlich unfreiwillig zu Tode gekommen war, hatte es vor etwa zwölf Jahren Streit gegeben. Eigentlich sollte hier ‚Der Schwarze Abt‘ aufgestellt werden, eine Bronzearbeit des Schmallenberger Künstlers Arno Nühm, den Malotki über Jahre gefördert hatte. Als der Galerist dann den Entwurf ablehnte und einen anderen Künstler ins Spiel brachte, überwarfen sich die beiden und pflegten seitdem ihre Feindschaft. Über Jahre. „Und wissen Sie, was das Beste ist? Der Künstler, dessen Skulptur Sie hier sehen, hat dieselben Initialen wie der Nühm, A. N., und er nannte sein Werk dann auch noch ganz süffisant *Kein leichter Weg*.“ „Was macht dieser Arno Nühm heute?“ Lottes Neugier war erwacht. „Der schaut sich die Radieschen von unten an. Sorry, so sollte man nicht über Tote reden. Er kam am 18.1.2007 durch Kyrill ums Leben, das nimmt man jedenfalls an. Wenn Sie den Weg am Krummstab vorbei genommen haben, dann haben Sie linker Hand sicher den Kyrill-Pfad gesehen. Dort wurde sein Handy gefunden. Von ihm und seinem Hund fehlte anfangs jede Spur und man war sicher, seine Leiche bei den Aufräumarbeiten zu finden. Fehlanzeige. Einige Monate später tauchte dann in der Dämmerung ein schwarzer Abt auf. Seitdem hält sich das Gerücht, dies sei die herumirrende Seele von Arno Nühm, der keine Ruhe finden könne.“ Lotte gruselte es ein wenig. „Tauchte der Abt danach noch mal auf?“ „Oh, ja. Alle paar Monate sahen ihn Jäger oder Wanderer in den

Abendstunden am Waldrand und alle berichteten übereinstimmend, dass er kein Gesicht habe, dass unter der Kapuze nur ein schwarzes Loch zu sehen sei … So, nun muss ich rasch in die Redaktion, alles Weitere lesen Sie dann morgen auf der Titelseite." Die Reporterin war schon einige Meter entfernt, als ihr Lotte eine letzte Frage hinterher rief: „Wo wohnte denn dieser Arno Nühm eigentlich?" Im Gehen warf ihr die Journalistin eine Adresse zu. „Seine Witwe wohnt noch dort." Dann kam sie kurz zurück und drückte ihr mit den Worten „Für alle Fälle" ihre Visitenkarte in die Hand: Svenja Kraus – Lokalredaktion Sauerlandkurier.

*Kein leichtes Spiel … wiederholt bearbeitete Thema des Tores: Eine 40 Zentimeter dicke Stahlbramme …*

Lotte war noch in das Studium der Infotafel zur Skulptur vertieft, als ihr Paul auf die Schulter klopfte. „Das war ja mal interessant. Mit ihrer Blitztheorie lag unsere Kräuterhexe gar nicht so falsch. Malotki wurde durch einen Stromschlag getötet. Der Täter scheint von seinem Herzschrittmacher gewusst zu haben. Jemand hat mit Kreide ‚*Wernherr – der Teufel soll dich holen*' an die Eisenwand geschrieben. Es scheint, als habe dieser Jemand die Eisenskulptur just in dem Moment unter Strom gesetzt, als Wernherr von Malotki die Kreide abwischen wollte." Lotte stutzte: „Ich sehe hier aber nirgends 'ne Steckdose und auch kein Starkstromkabel.“ „Die Polizei geht davon aus, dass ein entsprechend präparierter Taser ausgereicht hätte“, erklärte Paul. „Ein was?“ „Ein Elektroschocker – kannst du zur Selbstverteidigung in deiner Handtasche mit dir herumtragen. Etwas frisiert, und schon kann daraus eine tödliche Waffe werden, besonders für ein Herz mit Schrittmacher.“

Lottes Augen funkelten. Paul glaubte nicht wirklich, dass er der Grund dafür sei. „Komm, wir laden uns bei Witwe Nühm zum Kaffee ein, ich hab ihre Adresse.“ Pauls Mundwinkel krümmten sich nach unten: „Witwe wer?“ „Komm schon, wenn du jetzt schön lieb bist, darfst du heute Abend zum Krimiabend mit auf meine Fernsehcouch. Und auf dem Weg zu Witwe Nühm erzähle ich dir dann, was ich herausbekommen habe.“ Pauls Mundwinkel bogen sich schlagartig nach oben.


Vor dem Einfamilienhaus, hinter dem sich ein riesiger Garten erahnen ließ, packten Paul die Zweifel. „Was willst du ihr denn sagen?“ Aber Lotte hatte bereits geklingelt. Sie hatte ihren Büchereiausweis aus der Jackentasche gefummelt und hielt ihn für eine gefühlte Zehntelsekunde einer erstaunt dreinblickenden, gut aussehenden Mittvierzigerin zwei Zentimeter vor die Nase.

„Guten Tag Frau Nühm, wir haben ein paar Fragen zum Tod von Wernherr von Malotki, dem Galeristen Ihres Mannes.“ Das Erstaunen im Gesicht der Witwe löste sich erst nach einigen Atemzügen; dann sagte sie ruhig: „Ex-Mann und

Ex-Galerist." Zögerlich bat die Ex-Gattin die beiden herein und bot ihnen mit starkem osteuropäischen Akzent eine Tasse Kaffee an. „Dann at meine Mann ihn doch erwixt, den Errmann. Nennen Sie mir doch Ludmilla." Bereitwillig erzählte Ludmilla dann vom Streit um die Skulptur ‚Der Schwarze Abt' und wie sehr ihren Arno der Verrat des Galeristen getroffen habe. „Hat Errmann gesackt: Das Kinderschreck-Skulptur von eine Kunstlehrer sei nicht ernsthaftige Kultur." Witwe Nühm wurde redselig. Lotte und Paul erfuhren, dass es einen langjährigen Rechtsstreit mit dem Galeristen um die Ausstellung und den Vertrieb von Nühms Werken gab, die der Galerist weiter in seinen Katalogen und Ausstellungen zeigte und mit ansehnlicher Provision verkaufte. Durch den ganzen Pressewirbel waren sie deutlich im Wert gestiegen. „Und wann wurde der Vertrag aufgelöst?", fragte Paul. „Dazu kam es nix mehr. Arno war vollich verbittert und wie Gespenst. Und dann, als ich noch vor Okan gewarnt, er wollte nix hören auf mich ... und iss mit Hund Gassi. Beide sind nich kommen wieder. Hab noch versucht, ihn auf Handy ... aber ging nix mehr dran." „Apropos Hund, dürfte Charly vielleicht mal die Hundetoilette benutzen?", fragte Lotte mit einem entschuldigenden Achselzucken.
Die Labradorhündin schnüffelte durch den Garten, um kurz darauf durch die angelehnte Tür eines Gartenhauses zu entschwinden. Als Lotte hinterherlief und ebenfalls im Gebäude verschwand, beobachtete Paul ein nervöses Zucken

um Ludmillas Mundwinkel. Um die Situation zu überspielen, versuchte er sich ungelenk in Schmeicheleien: „Wie haben Sie Arno Nühm denn kennengelernt, Sie scheinen mir ja kaum älter als Mitte 30 zu sein?" „Ach, gute Mann, haben dich um zehn Jahre verschätzt, aber stimmt, bin ich 20 Jahre jünger als Arno. Komme ich aus Polen und war Putzfrau von der Junggeselle, dann, wie er immer gesagt, ‚sein Muuse‘ und nach zwei Jahre sein Frau. Was macht Hund? Komm kucken." Als Paul und Ludmilla das Gartenhaus betraten, war Lotte gerade dabei, Charly eine schwarze Motorradmaske aus dem Maul zu ziehen. „Fahren Sie Motorrad?" „Ähhm, nein, nix Motorrad. Iss äh, iss äh von Arno, hat getragen, wenn mit Farbe gäsprüht." Pauls Augen hatten sich mittlerweile an die Dunkelheit gewöhnt. Von Farbspritzern war auf der Maske keine Spur. Sein Blick fiel auf eine alte Zinkbadewanne, die bis zum Rand mit Beton gefüllt war, darin, halb versunken und gerade noch identifizierbar, ein alter Putzeimer. „Iss unvollendet Werk von Schatzi, muss ich nun bitten zu entschuldigen mich", kam Ludmilla Pauls Frage zuvor. Die Witwe legte nun eine ungeahnte Zielstrebigkeit an den Tag und geleitete das Ermittler-Trio mit großer Wachsamkeit zur Tür. Lotte hatte noch Gelegenheit zu einer letzten Frage: „Wurde Ihr vermisster Mann bereits für tot erklärt?" Mit der Antwort schloss sich die Tür hinter ihnen: „Tot erklärt erst nach zehn Jahre. Solange vermisst. Haben Versicherung gute Lobby." Dann, kaum hörbar, ein leises Fluchen hinter der Haustür. Pauls geplanter Auftritt als Colombo lief ins Leere. Gern hätte er noch mit gespielter Gedankenverlorenheit eine überraschende Frage gestellt; die Frage danach, was nun mit Arno Nühms Werken in der Obhut des Galeristen passieren würde. Während Paul sich noch über die vertane Chance ärgerte, war Lotte bereits dabei, die Telefonnummer von einer Visitenkarte in ihr Handy einzugeben. „Hallo Frau Kraus, wir haben uns vorhin am Tatort Waldskulpturenweg unterhalten – ich hätte da vielleicht eine sensationelle Story für Sie, exklusiv. Im Gegenzug hätte ich gern ein paar Infos von Ihnen.“

Als Lotte nach gefühlten 30 Minuten das Handy zurück in die Jackentasche schob, schien sie um einiges klüger zu sein. „Also, wie es aussieht, hat unsere arme Ludmilla weder die Werke vom Galeristen zurückbekommen noch erhielt sie ihren Anteil aus den Verkaufserlösen. Malotki hat beharrlich den Standpunkt vertreten, seine Verträge habe er mit Arno Nühm abgeschlossen und nicht mit dessen Frau. Und schließlich sei sein Vertragspartner vermisst und könne ja jederzeit wieder auftauchen. Was bedeutet: Die Lebensversicherung zahlt nicht und der Galerist profitiert vom Ableben des Künstlers und wirtschaftet in die eigene Tasche, ohne mit der Witwe zu teilen. Vielleicht geht ihr ja langsam das Geld aus.“

„Stehen die Chancen für Ludmilla nach dem Ableben von Malotki nun besser?“, fragte sich Paul laut, um sich die Antwort gleich selbst zu geben: „Vermutlich ja, zumindest ließe sich mit den zurückkehrenden Werken die Überbrückungszeit bis zur Auszahlung der Lebensversicherung etwas angenehmer gestalten."

„O. K. Paul, lass uns den Sack zumachen." Lottes Gesicht hatte sich in das einer hungrigen Wölfin verwandelt. Einer Wölfin, die die Fährte einer vielversprechenden Beute aufgenommen hatte. Was Paul ganz verliebt dreinblicken ließ – in der Hoffnung, abends auf Lottes Sofa selbst die Beute der Wölfin zu werden.

Und schon knurrte das Raubtier mit Lottes Stimme: „Ruf mal deinen Heinz vom Pathologen-Kongress an. Er soll nachschauen, ob das Handy von Arno Nühm noch in der Asservatenkammer schlummert. Falls ja, soll er das Innenleben auf Spuren von Regenwasser untersuchen. Ich lad dich zum Kaffee in den Gasthof Heimes ein, ist gleich hier um die Ecke." Paul: „Wieso kennst du dich denn hier so gut aus?" Lottes mysteriöse Antwort darauf: „Den Gasthof Heimes kenne ich aus meiner jugendlichen Revoluzzer-Zeit. Zum Staatsdiener hätte ich es damals mit meinem Lebenslauf wohl nicht gebracht. Aber ein Konservativer im Ermittlerteam reicht ja auch." „Meinst du mich damit?", protestierte Paul, mehr lachend als ernsthaft.

Nach Waffeln mit Kirschen und Vanilleeis und dem dritten Latte Macchiato klingelte Pauls Handy. Heinz berichtete, dass das Handy tatsächlich nicht abgeholt worden sei. Im Computer war zudem vermerkt worden, dass dem Innenleben des Geräts keine Geheimnisse mehr zu entlocken gewesen waren. Über die Telefongesellschaft hatten sie ermittelt, dass am Tag des Todes zwei Anrufe eingegangen waren, einer vom Mobiltelefon des Galeristen und einer vom Hausanschluss der Malotkis, aber da war das Handy bereits tot. Die erneute Untersuchung des Innenlebens durch Heinz hatte ergeben, dass es keine Rückstände von Regenwasser gab, dafür aber von ätzenden Substanzen, wie sie in Putzmitteln vorkommen. „Heinz war ziemlich beeindruckt. Er meinte, dass man die Rückstände damals recht einfach hätte feststellen können, aber auf die Idee ist halt niemand gekommen. Die neuen Erkenntnisse führen somit zu dem Schluss, dass das Handy erst im Putzeimer ertränkt und so unbrauchbar gemacht und danach in die Kyrill-Schneise geworfen wurde." Lotte grinste. „Dann drück mal die Wahlwiederholungstaste und bestell deinem Kumpel, er soll dem ermittelnden Kommissar empfehlen, einen Boschhammer einzupacken, wenn er die Witwe besucht." Paul fiel die Kinnlade herunter. „Du meinst ..." und dann dem Ober zugewandt: „Bringen Sie uns zwei Jägermeister auf Eis, bitte."

Paul und Lotte entschlossen sich, das Auto nicht mehr vom Parkplatz zu bewegen und den Krimi im Hotelzimmer zu schauen. So erlebten sie vor dem Abendprogramm noch einen echten Kommissar live bei seinen Ermittlungen am Tatort. Und wie durch Zufall parkte Svenja Kraus vom Sauerlandkurier schon vor dem Eintreffen der Polizei vor dem Haus der Nühms.

Zum Frühstück lasen Lotte und Paul dann unter der Schlagzeile *Hund und Herrchen im Betonbad ertränkt*: „Der angesehene ortsansässige Künstler Arno Nühm, der seit dem Orkantief Kyrill im Januar 2007 vermisst wird, wurde offensichtlich von seiner Frau ermordet. Obwohl die Leiche, zusammen mit der des ebenfalls vermissten Hundes, in einer mit Beton gefüllten Zinkbadewanne im Atelier des Künstlers gefunden wurde, streitet die Ehefrau des Opfers die Tat ab." Es folgte eine detaillierte Darstellung der Geschehnisse, angereichert mit Vermutungen über die Ereignisse der letzten zwölf Jahre. Am Ende des Beitrags hieß es dann: „Ob im Rahmen der laufenden Ermittlungen nun auch der mysteriöse Tod von Wernherr von Malotki aufgeklärt werden kann und ob daran gar der ‚Schwarze Abt' beteiligt war, darüber werden wir unseren Lesern in Bälde berichten."
Lotte schüttelte den Kopf. „Mir scheint, hier ist der Zwillingsbruder von unserem Dilettanten-Kommissar Wiener am Werk. Vermutlich hat die Truppe den halben Garten plattgetrampelt und die wichtigsten Beweisstücke übersehen. Die Nühm hat noch nicht gestanden und wenn der genaue Tathergang nicht ermittelt wird, kommt sie vielleicht trotz aller Verdachtsmomente davon. Ein cleverer Anwalt könnte den Verdacht auf den toten Malotki lenken, der ja wahrlich ausreichend Mordmotive hatte."
„Lotte, wieso meinst du, dass Witwe Nühm den schwarzen Abt zum Leben erweckt hat?" „Weil ich weiß, wie Frauen ticken. Ein wenig Fantasie,

ein paar Gerüchte und schon reden alle über den Geist des Toten, wie er in der Gestalt seiner von ihm erschaffenen Kunstfigur seinem Mörder erscheint." Paul runzelte die Stirn. „Wir haben zwar eine Skimaske gefunden, die würde erklären, warum man unter der Kapuze des Abts kein Gesicht erkennen konnte, aber von der Kutte fehlt jede Spur." Lotte schien das Gesagte gar nicht zu interessieren. „Charly, hier sind wir noch nicht fertig. Komm Paul, wir machen uns mal auf die Suche nach der Kräuterhexe von gestern, ich habe da so eine Idee zur Todesursache von Arno Nühm", orakelte Lotte, um – ein Lied trällernd – in ihre Jacke zu schlüpfen: *Fifty ways to leave your lover.*

Nach Lottes Beschreibung wusste der Gasthofbesitzer sofort, auf wen die Personenbeschreibung passte. Erika, die alle nur die Kräuterhexe nannten, fanden sie in einem etwas abgelegen, stark renovierungsbedürftigen Haus direkt am Rande des Waldes. Nach mehrmaligem Klopfen öffnete die Kräuterhexe die Tür einen Spalt so weit, wie es die Sicherheitskette an der Tür zuließ.

Während Paul den Grund ihres Besuchs darlegte, versuchte Lotte einen Blick in den Raum hinter der Haustür zu werfen – nahe dem Eingang stand der Korb mit den mittlerweile welken Kräutern, mehr konnte sie in dem abgedunkelten Zimmer nicht erkennen. Paul hatte sich notgedrungen als Ermittler ausgegeben, was ihm nach dem Betreten des Tatorts gestern die glaubwürdigste Lüge schien. „Wir ermitteln nach der Festnahme von

Frau Nühm jetzt hinsichtlich der Todesursache. Wir schließen eine Vergiftung nicht aus, wissen Sie, ob Frau Nühm entsprechende Kenntnisse besaß?" Erika dachte nur kurz nach. „Sie hat zwei oder drei Kräuterführungen mitgemacht. Besonders interessiert hat sie das Bilsenkraut, auch Hexenkraut genannt. Richtig angewendet hat es eine starke Rauschwirkung. Ich hatte den Verdacht, dass sie an einen Selbstversuch dachte. Ich habe ihr davon zwar abgeraten, mich aber dennoch breitschlagen lassen, ihr eine Jungpflanze zu verkaufen. 30 Samenkörner reichen aus, einen Menschen durch Atemlähmung zu töten. Mehr kann ich Ihnen bei einer Pflanzenführung erzählen. Jetzt muss ich mich um die Tinkturen auf meinem Herd kümmern. Sie entschuldigen." Schwupps, die Tür wurde zugeschlagen.

Auf dem Weg zu Nühms Garten googelte Paul Bilder vom Bilsenkraut auf seinem Smartphone, mit dem Ergebnis, dass er sofort nach dem Eintreffen ein prächtiges Exemplar auf der Sonnenseite des Grundstücks direkt an der Hauswand des Ateliers identifizierte. Das konnte kein Zufall sein. Lotte hatte sich nicht an dem botanischen Exkurs beteiligt und war gemeinsam mit Charly auf Spürnasen-Tour gegangen. Während die Labradorhündin im Kartoffelacker ihr Geschäft unter einer Vogelscheuche verrichtete, entfuhr Lotte ein siegesgewisses „Jepp!". Dann stürmte sie zur Vogelscheuche, entriss ihr Strohhut und Besen und zog den schwarzen Stoffumhang vom Lattenkreuz. „Wenn du etwas gut verstecken willst, dann verstecke es an der Oberfläche. Altes chinesisches Sprichwort", jubelte sie und machte sich gleich wieder daran, die Vogelscheuche mit dem Abtgewand, Hut und Besen in ihren ursprünglichen Zustand zu versetzen.

Paul strahlte über beide Wangen angesichts ihres gemeinsamen Triumphes. „Ich habe keine Bedenken, dass die Obduktion ihres Gatten eine Menge Scopolamin im Magen zutage fördern wird. Damit dürfte Frau Nühm als Doppelmörderin überführt sein."

„Abwarten." Lotte grinste Paul an. „Wen rufen wir an? Heinz, den kollegialen Leichenschnippler, oder Svenja, die redselige Sensationsreporterin?" Pauls knappe Antwort: „Beide." „Gut, bestell Heinz schöne Grüße unbekannterweise und sag ihm: Bevor sie den Garten hier erneut zertrampeln, sollen die Ermittler einen Abstecher zur Kräuterhexe machen und einen Blick in ihren Kräuterkorb werfen." Paul stutzte, aber er gehorchte. – So sind die Männer, dachte Lotte, wenn es ernst wird, überlassen sie den Frauen das Kommando.

Paul beschloss, sich einen Tag Urlaub zu nehmen, um mit Lotte vor Ort das Finale ihrer Ermittlungen zu verfolgen. Das Ergebnis überraschte Paul ebenso wie Heinz und dessen Chef, den Kommissar Frankfurter, und die Redaktion des Sauerlandkuriers. In Erikas Kräuterkorb fand die Polizei den präparierten Taser, mit dem Malotki zu Tode geschockt worden war. Das Geständnis der Kräuterhexe offenbarte ihr Motiv: Sie hatte ein

Verhältnis mit dem Opfer. Eine mehrwöchige heimliche Affäre – mit plötzlichem Ende: Malotki hatte Schluss gemacht und ihr gedroht, sie fertigzumachen, falls jemand etwas davon erführe. Schließlich sitze er im Vorstand der Genossenschaftsbank, die den Kredit für ihr Häuschen jederzeit kündigen könne. Er wisse genau, dass sie mit den Zahlungen im Rückstand sei. Bei ihrer Tat hatte Erika sich die Gerüchte über den herumgeisternden ‚Schwarzen Abt‘ zunutze gemacht, um den Verdacht gezielt auf die Witwe Nühm zu lenken. Wenn nicht der Malotki der Mörder von Nühm gewesen war, wer sonst als seine Witwe würde jetzt als Doppelmörderin verdächtigt werden? Ludmilla kam angesichts der erdrückenden Beweislage nicht mehr um ein Geständnis herum. Obwohl sie nie an einer Kräuterwanderung mit Erika teilgenommen hatte, wusste sie um die tödliche Wirkung des Bilsenkrauts. Als Arno seinen letzten Magenbitter genoss, ahnte er erst, als er schon um Luft rang, dass da ein zusätzliches Giftkräutlein dazu gemischt worden war.

„Lotte, wie bist du nur darauf gekommen?“ Die Bewunderung für seine Ermittler-Kollegin sprudelte förmlich aus Paul heraus. „Ich wiederhole: weibliche Intuition. Mal ehrlich: Warum sollte unsere Kräuterhexe stundenlang Kraut zupfen, um es dann unangerührt verwelken zu lassen? Und warum sollte ausgerechnet Witwe Nühm einen zweiten Mord begehen, wo gerade Gras über ihren ersten gewachsen war – und dann noch ausgerechnet den Hauptverdächtigen im Fall Arno Nühm.“

„Kommst du heute Abend mit auf mein Fernseh-Sofa?“, fragte Lotte, als sie nun endgültig abreisebereit in ihr Auto stiegen. Paul lächelte. Der Ausflug schien sie nicht nur als Ermittler zusammenzuschweißen. „Nur unter der Bedingung, dass wir keinen Jägermeister trinken und ich vorher deinen Garten inspizieren darf.“

Bibs Lesniak

## Der Hähnchenclub
## (Tatort Hövel)

„Mit meinen Eiern stimmt was nicht", laut schallte Jakob Langes Stimme durch die kleine Schützenhalle.
Schlagartig verstummten die Stimmen der Teilnehmer des Höveler Hähnchenclubs und 24 Augenpaare richteten sich auf ihn.
„Sie sind zu klein", erklärte Jakob, „und mit der Farbe ist auch etwas nicht in Ordnung."
Hetti Schulte, eine alte Dame, lief puterrot an und auch Sefa Schneider bekam hektische rote Flecken im Gesicht und schlug verlegen die Augen nieder. Hubert Bergschulte, Besitzer der damaligen Hühnerfarm, der im gesamten Dorf nur Hühner-Bertie genannt wurde, atmete scharf ein und schaute mit einem empört-grimmigen Gesichtsausdruck in die Runde. Die anderen schauten mehr oder weniger erstaunt zu dem alten Mann, der wegen seiner 1,60 m von allen in Hövel nur Knirps gerufen wurde, und warteten ab.
Hühner-Bertie erhob sich und ergriff das Wort. „Nun mal langsam Knirps. Mit den Eiern hat alles seine Richtigkeit. Schließlich kommen die von unserem Hof und meine Gerda achtet penibel darauf, dass mit der Hühnerhaltung alles ordentlich läuft. Schließlich ist unser Eierstand auf dem Sunderner Markt ja auch der beliebteste und alle

sagen wir hätten die besten Eier in der Umgebung."

„Aber mit meinen Eiern stimmt was nicht und das nicht erst seit gestern, sondern schon seit einigen Wochen." Der eine oder andere Teilnehmer nickte bestätigend, sagte aber nichts dazu.

„Knirps, bitte", beschwichtigte Bertie den Alten. „Beruhige dich. Ich rede mit Gerda, ob sie das Futter gewechselt hat, und veranlasse, dass sie dir eine neue Palette Eier bringen lässt."

„Meinetwegen, aber wenn die auch nicht in Ordnung sind, dann gibt's richtig Theater", grummelte der Alte und setzte sich erstmal wieder hin.

„Gut. Können wir jetzt zum eigentlichen Thema des Abends kommen, dem anstehenden Jahresausflug des Hähnchenclubs?", wollte Bertie wissen.


Es war schon stockdunkel, als Bertie die Schützenhalle verließ und den Rohnscheid hinaufging, um nach Hause zu kommen. Er traf sich immer gerne mit seinem Hähnchenclub. Das waren alles ehemalige Mitarbeiter von früher, als der Betrieb noch Hochkonjunktur mit der Kükenaufzucht hatte. Viele Jahre war es ein tolles Arbeiten gewesen. Das Alter machte jedoch auch vor ihnen nicht halt. Als der letzte des Stammpersonals das Rentenalter erreicht hatte und auch Bertie sich endlich auf seinen Lorbeeren ausruhen konnte, machte er zu.
Kaufen wollte die fünf riesigen Hühnerställe niemand. Aufzucht war in der Umgebung nicht

mehr gefragt. So starrte er jeden Tag auf die leer stehenden Gebäude, die unterhalb seines Hauses lagen. Auch die ersten kleinen Ställe standen leer. Einer davon war als Partyraum umfunktioniert worden und in dem anderen wohnte zurzeit Igor. Igor, ein junger Russe, der als Gelegenheitsarbeiter für Bertie und seine Ehefrau arbeitete, mistete aus oder gab dem noch verbliebenen Hühnerstall einen neuen Anstrich. Dort hielt sich Berties Frau Gerda Hühner, um die Eier auf dem Wochenmarkt in Sundern zu verkaufen. Natürlich konnten auch die Höveler ihren Eierbedarf bei ihnen decken, was sie auch rege taten, allen voran Knirps. Er hatte über 50 Jahre auf der Hühnerfarm gearbeitet. Zudem liebte er Eierspeisen über alles.

Bertie runzelte die Stirn, als ihm bei dem Gedanken an Knirps dessen Beschwerde über die Eier einfiel. Er musste mit Gerda reden, aber es würde schwer werden, sie zu bewegen, dem Alten eine Palette Eier als Entschädigung zu geben. Großzügigkeit und Einsicht zählten nicht zu ihren Vorzügen. Seine Frau galt im Dorf als rechthaberisch, dominant und geizig, das wusste Bertie nur zu gut. Damals war das auch keine Liebesheirat, aber Gerda war Erbin der Hühnerfarm und eine gute Partie. Er hatte zugegriffen und sich mit den Jahren mit ihr arrangiert. Man kam miteinander aus und lebte nebeneinander her.

Seit der Betrieb nicht mehr existierte, war seine einzige Freude der Hähnchenclub. Es wurden Ausflüge unternommen, gesellige Abende oder auch soziale Projekte betreut. Es gab immer etwas zu tun, das ihn von zu Hause fernhielt.

Seufzend schloss er die Haustür auf und rief: „Gerda, ich muss mit dir reden!"

Am darauf folgenden Tag gab es in der St.-Sebastian-Kirche eine Messe. Selbstverständlich waren auch die Mitglieder des Hähnchenclubs dort, wie es sich für gute Christenmenschen gehörte.

Sefa Schneider war unter den Ersten, die den Gottesdienst verließen, denn ihre Blase drückte und sie wollte schnell nach Hause, um sich zu erleichtern. Kurz bevor sie um die nächste Ecke bog, hörte sie laute Stimmen. Neugierig, wie sie war, blieb sie stehen und vergaß für einen Moment den Grund, weswegen sie so schnell das Weite suchen wollte.

„Ne ht, ich meine nein, ich will das nicht mehr machen. Das ist großer Betrug und geht schon viel zu lange."

„Halt den Mund! Du arbeitest für mich und tust, was ich dir sage, sonst kannst du deine Sachen packen und verschwinden." Die befehlende Stimme war die von Gerda Bergschulte und die andere gehörte unverkennbar dem Russen Igor.

„Aber es ist nicht recht und gibt große Ärger mit Bürger von Hövel, wenn das raus kommt", jammerte Igor.

„Das lässt du mal besser meine Sorge sein, ich brauche die zweite Wahl und wehe du erzählst jemandem davon." Gerdas Stimmlage ließ keinen Zweifel daran, dass sie Widerworte nicht duldete. „Gut, ich nix sagen, aber trotzdem falsch", murmelte der Russe und suchte das Weite. Auch Gerda Bergschulte entfernte sich. Sefa seufzte laut auf und fragte sich: Was das zum Teufel zu bedeuteten hätte? Doch sie konnte nicht weiter darüber nachdenken, denn ihre Blase drückte und erinnerte sie daran, schleunigst nach Hause zu eilen, denn viel Zeit blieb nicht mehr und sie würde sich auf der Stelle erleichtern müssen. Das war selbstverständlich in Anbetracht der Tatsache, dass sie sich noch auf Kirchengrund befand, und dass die meisten Leute noch in der Nähe waren, völlig unmöglich. Also wischte sie das Gespräch, das sie gerade belauscht hatte, erstmal aus ihrem Gedächtnis und machte, dass sie wegkam.


Drei Tage später, Bertie war wieder beim Hähnchenclub, eilte Igor in Richtung Hühnerstall. Morgen war in Sundern wieder Markt und er wollte den Kombi schon mal beladen, wie er es immer tat.

Er betrat den Hühnerstall und blieb wie angewurzelt stehen. „Verdammt, ist das große Sauerei." Gackernd und kreischend flatterten die Hühner auf und ab und überall lagen rohe, zerschlagene Eier herum.

„Chefin, bist du irgendwo? Was ist passiert mit die Eier und die Federvieh? Hühner aufgeregt, als ob gekommen ist Fuchs in die Stall."

Doch er erhielt keine Antwort und das Gegacker wurde nur noch lauter, zumindest kam es ihm so vor, als er langsam durch die aufgescheuchte Hühnerschar ging, um in den Raum zu kommen, in dem die Eier gelagert wurden. Doch nach zwei Schritten blieb er wie festgenagelt stehen und wurde totenblass. Es war ein groteskes Bild, das sich ihm da bot. Auf der Erde, halb im Eierraum, lag seine Chefin Gerda Bergschulte lang gestreckt auf dem Rücken, die Augen aufgerissen, über und über mit Hühnerkot bedeckt. Zudem war sie mit Eiern bekleckert, die Kleidung war total verdreckt und auch im Gesicht klebte die Pampe. Eine leere Eierpalette rundete das Bild ab.

Sie war tot, das war offensichtlich. Igor wich zurück und rannte aus dem Stall zur Schützenhalle, in der der Hähnchenclub tagte und in der auch Bertie, sein Chef, war.


„Starucha lischit mörtwaja w Kurinam Gawne", stieß Igor atemlos hervor, als er die Tür zur Schützenhalle öffnete.

„Hä?" Verständnislos sah Hühner-Bertie seinen Mitarbeiter an. Igor zuckte zusammen. In seiner Aufregung hatte er russisch gesprochen.

„Die Alte liegt tot in der Hühnerkacke", wiederholte er auf Deutsch.

„Ich verstehe kein Wort", ließ Bertie ihn wissen, „welche Alte liegt wo und vor allem warum?"

„Tschuldigung, ich meinen die Chefin liegt tot in der Hühnerkacke", verbesserte sich Igor.

Wie vom Donner gerührt schaute Bertie auf den jungen Russen und auch die anderen starrten erschreckt in die Runde.

Völlig fassungslos ließ sich Bertie auf seinen Stuhl fallen und stammelte: „Um Gottes willen ein Herzinfarkt?"

„Ne ht, das weiß ich kaum, denn Chefin ist geschmiert mit Hühnerdreck und Eiern", erklärte Igor.

Bertie begriff das alles gar nicht und sprang auf, um nach Hause und in den Hühnerstall zu rennen. Er wollte sich selber davon überzeugen, dass das kein schlechter Scherz war.

Die Mitglieder des Hähnchenclubs hatten angefangen untereinander zu tuscheln und Vermutungen aufzustellen, doch als Bertie die Halle verließ, schlossen sie sich an. Die Neugier überwog.

Doch kaum hatten alle den Hühnerstall betreten und die tote, mit Eiern und Hühnerkot überzogene Gerda gesichtet, schwiegen sie aus Respekt vor ihrem Vorsitzenden und seiner, zugegeben, nicht übermäßigen Trauer. Hühner-Bertie kniete eher nachdenklich neben seiner Frau und begutachtete sie aufmerksam.

„Es scheint ein Genickbruch zu sein", murmelte er vor sich hin.

„Ja müssen wir denn nicht die Polizei verständigen? Das sieht doch nach einem Gewaltverbrechen aus", meinte Sefa und zischte danach gleich leise zu Hetti: „Schade ist es ja nicht um diese geizige Eierziege."

„Pst", zischte es von Hetti zurück, „sei bloß still."

„Polizei, ja das machen wir, oder besser Dr. Wessels“, erklärte Bertie. „Der soll erstmal seine Meinung dazu sagen. Vielleicht war es ja doch eine natürliche Todesursache. Ich geh mal ins Haus, ihn anrufen.“

Sobald Bertie den Hühnerstall verlassen hatte, setzten die Diskussionen über den Todesfall ein.

„Da stimmt doch was nicht“, meinte Möllings Paul und etliche Hähnchenclubmitglieder nickten bestätigend.

„Ja genau, erst die Tage mit Knirps seine Eier und kurz drauf habe ich Gerda tuscheln und was von zweite Wahl sagen hören“, teilte Sefa mit.

„Ja Himmel und mit wem hat sie getuschelt?“ Hettis Stimme klang leicht genervt.

„Der Doktor ist unterwegs“, mit diesen Worten betrat Bertie den Hühnerstall und legte eine mitgebrachte Decke über seine Frau.

„Wer hat mit wem getuschelt?“

Schnell wurde Bertie auf den neuesten Stand der Unterhaltung gebracht. Fragend schaute er zu Sefa, die triumphierend mit dem ausgestreckten Finger auf Igor zeigte. „Mit dem da!“

Erschrocken schaute der junge Russe in die Runde und wurde abwechselnd rot und blass.

„Igor, stimmt das? Um was ging es denn?“ Bertie ging auf Igor zu und der wich ängstlich zurück.

„Ich nix weiß von Tuschel“, stammelte er leise.

„Doch natürlich, letztens nach der heiligen Messe“, warf Sefa ein, „ich habe es genau gehört. Du wolltest bei irgendeinem Betrug nicht mehr mitmachen und hattest Angst, dass die Höveler das herausbekommen und die Gerda hat daraufhin gesagt, dass du das ihre Sorge sein lassen sollst und sie die zweite Wahl braucht."

„Da, stimmt schon, aber ich will nix sagen", ängstigte sich Igor.

„Los Junge, nun mach, oder sollen alle denken, dass du Gerda umgebracht hast?", ertönte Knirps Stimme, der das Geschehen die ganze Zeit beobachtet hatte.

„Ne ht, ne ht, nix habe ich Chefin umgebracht, habe ich nix zu tun damit", Panik klang aus Igors Stimme.

„Dann rede jetzt", befahl Bertie.

Laut seufzte Igor und trat vorsichtshalber einen Schritt zurück. Er war sich nicht sicher, wie der Hähnchenclub auf seine Beichte reagieren würde und er dachte je mehr Abstand desto sicherer.

„Ist gut, also das sein so. Haben Chefin mich seit vielen Wochen immer wieder geschickt in die Nähe von Arnsberg, immer nachts. Sollte ich da auf illegale Hühnerfarm fahren und kaufen Eier." So, jetzt war es raus. Vorsichtig sah er hoch, aber in den Augen der anderen las er nur Unverständnis. Also fuhr er fort.

„Dort legen Hühner Eier in Batterie und diese Eier wollte Chefin immer haben, denn sie waren billig."

„Du meinst, meine Frau hat Legebatterieeier in Sundern auf dem Markt verkauft für teures Geld?" Ungläubig sah Bertie seinen Angestellten an.

„Ne ht, nix ganz. Chefin haben Legebatterieeier
verkauft an Leute in Dorf hier und gute Eier in
Sundern auf Markt." Jetzt war es raus und Igor
wich noch einen weiteren Schritt nach hinten.
„Das darf ja wohl nicht wahr sein", keifte Hetti,
„sie hat uns betrogen! Uns, die sie seit Jahr und
Tag kennt. Ich kann das nicht glauben."
Die allgemeine Empörung war groß und lauthals
schimpften alle durcheinander und machten ihrer
Enttäuschung und ihrem Ärger Luft.
Nur Hühner-Bertie schwieg und sank, aschfahl im
Gesicht, auf einen Schemel. Wen hatte er da bloß
geheiratet und wie konnte er das alles nicht ge-
merkt haben?
„Wusstest du davon?", wollte Paul Mölling wissen.
„Nein um Gottes willen, natürlich nicht. Das
müsst ihr mir glauben. Ich hatte keine Ahnung
und ich kann auch gar nicht verstehen, dass ich
gar nichts bemerkt habe", rechtfertigte sich Bertie
vor seinem Hähnchenclub.
„Ne ht, Chef nix gewusst", klang es leise aus
Igors Mund. „Tote Chefin immer gesagt haben,
dass Chef sich nix interessiert für ihre Geschäfte.
Nur noch Interesse für Hähnchenclub."
Nachdem sich die Gemüter ein wenig beruhigt
hatten und auch jedem klar war, dass Bertie
scheinbar wirklich keine Ahnung von den Ma-
chenschaften seiner Frau hatte, dröhnte eine
Stimme durch den Hühnerstall.
„Und ich hab doch gleich gesagt, dass mit meinen
Eiern was nicht stimmt." Knirps konnte sich ein

kleines bisschen Genugtuung nicht verkneifen, aber wirklich nur etwas, denn immerhin lag da noch eine Leiche.

Draußen fuhr ein Auto vor. „Doktor ist da", rief Igor, der aus dem kleinen Fenster auf den Hof sah.

„So Freunde, bitte geht jetzt alle. Der Doktor wird bestimmt nicht sehr erfreut sein, wenn ihr hier alle versammelt seid, wenn er Gerda untersucht." Mit dieser Bitte nahm Bertie schon mal die Decke von seiner Frau.

Nach und nach verließen die Hähnchenclubmitglieder und auch Igor den Hühnerstall. Doktor Wessels betrat verwundert den Stall und sah fassungslos auf die Szenerie, die sich ihm bot. „Warum zum Teufel liegt Gerda denn tot in der Hühnerscheiße?"

Bertie hatte am Telefon nur etwas von einem Unglück erzählt.

Kurz schilderte Bertie, was scheinbar geschehen war und der Arzt machte sich an die Arbeit, nachdem er Bertie aufgetragen hatte, doch die Polizei zu informieren. Denn die Umstände des Auffindens der Leiche erschienen etwas ungewöhnlich.

Bertie lief zum Wohnhaus, um die Obrigkeit anzurufen. Draußen standen immer noch Mitglieder des Hähnchenclubs und warteten.

Als eine Viertelstunde später die Polizei aus Sundern eintraf, hatte Doktor Wessels seine Untersuchung soweit abgeschlossen.

„Ich bin kein Gerichtsmediziner, aber es scheint, als sei Gerda ausgerutscht, mit dem Kopf auf die Türschwelle geschlagen und habe sich das Genick gebrochen“, vermutete der Arzt.

„Hm, aber wieso ist sie ausgerutscht und warum ist überall diese Eierpampe?“ Der Polizist war noch nicht zufrieden.

„Ich glauben, ich weiß, Herr Kommissar.“ Igor hatte sich wieder in den Hühnerstall geschlichen. „Ist morgen Wochenmarkt in Sundern und da haben Chefin Eier verkauft und sie bestimmt schon angefangen Auto zu beladen mit Eierpaletten.“

„Ja, aber das war doch deine Aufgabe“, warf Bertie ein.

„Ja, stimmt, aber war ich spät dran, musste ich vorher noch Eier wegbringen, die waren bestellt und dann ich habe bisschen getrödelt, weil ich noch geschrieben Brief nach Moskau an Großeltern. Und deswegen kann sein, tote Chefin schon angefangen haben. Die war immer so ungeduldig.“

„Ja, das stimmt, ungeduldig war meine Gerda“, stimmte Bertie zu.

„Hm, hm“, prüfend sah der Polizist noch einmal in die Runde. Doch auch wenn er dies sehr bedauerte, außer zerschlagenen Eiern und einer leeren Eierpalette war nur die Leiche im Hühnerkot zu sehen.

„Auf den ersten Blick scheint wirklich nichts auf Fremdeinwirkung hinzuweisen, aber das muss natürlich noch genauer untersucht werden. Ebenso

wie eine Obduktion der Leiche, um festzustellen, ob wirklich Genickbruch die Todesursache war."
„Selbstverständlich", nickte Bertie.
Einige Stunden später, als die Untersuchungen abgeschlossen waren und der Hähnchenclub immer noch draußen stand, atmete Bertie erst einmal durch. Dann lud er seinen Club ins Haus ein, einen oder auch mehrere Schnäpse zu trinken.

Es war drei Wochen später. Gerda war schon längst beerdigt und ihr Tod als Unfall zu den Akten gelegt.
Igor brachte gerade drei Paletten Eier zu Knirps. Der junge Russe hatte jetzt den Eierverkauf in seiner Hand und platzte fast vor Stolz aufgrund seiner Beförderung. Hühner-Bertie hatte mit ihm gesprochen, seine Mitwirkung am Eierbetrug verziehen und Igor belieferte nicht nur die Menschen auf dem Sunderner Wochenmarkt mit frischen Eiern, sondern auch die Höveler, wie jetzt Knirps. Nachdem der Alte Igor entlohnt hatte, trug er die Eier in den Vorrat. Morgen war Knirps' 78. Geburtstag und er hatte den Hähnchenclub zur Eierparty eingeladen. Es sollte Eierspeisen in etlichen Variationen geben und selbst gemachten Eierlikör, der es in sich hatte.
Freudig strahlend schaute Knirps auf seine Eier. Schön groß waren sie und der Geschmack war wieder so gut wie früher vor der Eierkrise. Wie gut, dass er mit Gerda gesprochen hatte. Listig lächelte der Alte, als er an den Abend dachte, an dem er wutentbrannt mit der Eierpalette zur Hüh-

nerfarm gestiefelt war, um Gerda zur Rede zu stellen. Denn wieder hatten die Eier einen seltsamen Beigeschmack gehabt und auch mit der Farbe hatte etwas nicht gestimmt. Gerda war im Hühnerstall und hatte ihn ausgelacht, als er sich beschwert hatte. Dass ihn darauf hin so der Ärger überkam, dass er sich ein Ei nach dem anderen griff und zielgenau Gerda damit bombardierte, war ja nicht geplant gewesen.

Aber es war auch fast jeder Wurf ein Treffer. Gerda hatte zwar geschrieen und wüste Beschimpfungen ausgestoßen, aber er schmiss weiter. Beim vorletzten Ei war es dann passiert. Gerda war immer weiter zurück gewichen und plötzlich war sie auf der Eierpampe ausgerutscht und mit dem Kopf auf die Türschwelle zum Eierraum aufgeschlagen.

Erst hatte er gedacht, sie wäre ohnmächtig, aber als er näher herankommen war, hatte er den Tod in ihren Augen gesehen.

Erschrocken hatte er die Eierpalette fallen lassen. So schnell ihn seine alten Beine trugen, war er in die Schützenhalle geeilt, kam nur mit minimaler Verspätung zur Versammlung des Hähnchenclubs.

Natürlich hatte er mit sich gekämpft, ob er was sagen sollte, aber nachdem kein anderer verdächtigt worden war und die Polizei die Akte geschlossen hatte, hielt er es nicht für nötig.

Knirps nahm in seinem Ohrensessel Platz, legte sich die Decke über die Knie und schloss die Augen zum Mittagsnickerchen.
Das letzte, was er dachte, als er einschlummerte, war: „Ei, Ei, Ei!“

Martina Grünebaum

## Rathaustreiben
## (Tatort Neuenrade)

„Das freut mich für die dumme Kuh, Manou. Manou, wie das schon klingt", keifte Clarissa und flegelte sich in ihren Schreibtischstuhl, den sie bereits seit unzähligen Jahren im Ordnungsamt des Neuenrader Rathauses ihr Eigen nannte, „meint ja immer, sie sei etwas Besonderes." „Pst, nicht so laut!" „Ach, das kann ruhig jeder hören", tönte Clarissa und drückte den Stempel fest auf das vor ihr liegende Papier. Klack! Welch eine Genugtuung, in Gedanken zerquetschte sie diese Person wie eine lästige Fliege, die zwischen dem Stempel und dem Antragsformular ein vorzeitiges Ende findet. Das Klacken des verstellbaren Arbeitsgerätes war Musik in ihren Ohren. Klack! Klack! Klack! Als sie von ihrer zerstörerischen Tätigkeit für einen Augenblick aufsah, blickte sie in das Gesicht ihrer Kollegin Lisa. „Was starrst du mich so an?", murrte Clarissa und überprüfte ihr Konterfei in dem Computermonitor. War etwas mit ihren Haaren nicht in Ordnung? Der Gedanke, nicht perfekt auszusehen, erschreckte sie. Ein gestyltes Aussehen besaß einen hohen Stellenwert - nein, eigentlich den höchsten Stellenwert in Clarissa Winters Dasein. Und aus dieser Ansicht machte sie keinen Hehl. Ihr Leitspruch „Wenn nicht schön, dann lieber tot" war im Rathaus Neuenrade bekannt wie die Tatsache, dass Neuenrade alle Jahre wieder im März das Gertrudenfest feiert. Clarissa Winter hasste Schlampigkeit, sei es in Bezug auf das Aussehen oder auf nicht ordnungsgemäß ausgeführte Arbeiten. „Ich meine nur ...Du weißt doch, dass unser werter Bürgermeister Konrad Hellmann gern Dampf ablässt ...Vielleicht ...“ „Willst du die arrogante Zicke in Schutz nehmen?“, keifte Clarissa und erhob sich ruckartig von ihrem Bürostuhl. Mit den auffallend geschminkten Augen fixierte sie Lisa. Das Zusammenzucken ihrer Kollegin stimmte sie milde. Sie liebte es, das Zepter in der Hand zu halten. Und da sie mehr oder minder zum Inventar der Verwaltung gehörte, fand sie einen gewissen Herrscherstand auch mehr als angemessen. In diesem Augenblick wurde die Zimmertür aufgerissen und im Rahmen erschien eine bärtige Gestalt mit dem Gesicht eines pausbäckigen Kindes. „Moorgen“, stammelte die mit einem Blaumann bekleidete Person und stolperte hinein. Königin Clarissa rümpfte die gepuderte Nase und stolzierte auf ihren High Heels an der Person vorbei, ohne sie eines Blickes zu würdigen. „Verbringe die Frühstückspause bei Erika“, sagte sie und verschwand, ohne sich noch einmal umzublicken.

Lisa beobachtete, wie die Tür des Büros hinter Clarissa ins Schloss fiel, erleichtert atmete sie auf. Clarissa war wie eine Natter, die Gift versprühte. Und es war ein ziemlicher Balanceakt nicht in ihre Bisslinie zu gelangen. „Störe ich?“, stotterte der Bär mit dem kindlichen Gesicht. Sie schreckte aus ihren Gedanken auf und wandte ihre Aufmerksamkeit ihrem Gast zu. „Entschuldige, Helmut. Nein, natürlich nicht. Trinkst du einen Kaffee mit mir?" „Gern", antwortete der Dicke stammelnd. Lisa verließ ihren Schreibtisch, um Kaffeepads in den Automaten zu füllen. War schon eine tolle Sache, dieser Fortschritt. Schnell hielt sie zwei dampfende Tassen mit Kaffee in den Händen. Eine reichte sie dem Dicken, der sie mit beiden Händen umklammerte. „Heiß", murmelte er erschrocken und stellte die Tasse auf einen Tisch. „Helmut hat sich verbrannt", sagte er weinerlich und starrte auf seine Hände. Lisa stand derweil am geöffneten Fenster. Das Rathaus grenzte an den Schulhof der Burggrundschule und es war ein lieb gewonnenes Ritual, die Pause stehend am Fenster zu verbringen. Von hier aus konnte sie die bunt gemischte Kinderschar gut beobachten. „Aua, Helmut hat sich verbrannt!" „Du musst die Tasse auch am Henkel packen." Als sie den verzweifelten Ausdruck auf seinem Gesicht erkannte, winkte sie ihn herbei. „Komm zu mir, ich puste." Helmut strahlte und streckte seine Hand Lisa entgegen. „Geht schon besser", verkündete er, als Lisa sanft Luft über seine Hände blies. „Das ist schön", antwortete Lisa und widmete sich wieder der Kinderhorde auf dem Schulhof. Die Kinder erinnerten Lisa an ihre Tochter Marie, die zurzeit den Kindergarten Krümelburg besuchte. Gedankenverloren starrte sie nach draußen. „Bist du traurig. Ich will dir helfen. Hast du dir auch wehgetan?" Liebevoll wandte sie sich der bulligen Gestalt zu. Helmut Rost war einer der Hilfshausmeister. Ein Ein-Euro-Jobber, zuverlässig und stark wie ein Stier, allerdings geistig auf dem Niveau eines Kindes, das seine Welt in gut und böse unterteilt. „Ist schon in Ordnung, Helmut. Es ist nur ... weil ... Ach, lass nur gut sein." „Aber vielleicht kann ich helfen", erklärte er mit einer Selbstverständlichkeit, die Lisa zum Schmunzeln brachte. Sogleich bereute sie ihre Reaktion, denn ihr Lächeln ließ Helmuts Mundwinkel nach unten schnellen. Verflixt, was hatte sie sich dabei gedacht. Sie wusste doch, wie schnell Helmut gekränkt war. „Du glaubst nicht, dass Helmut helfen kann, weil..." „Nein, nein, das hat nichts mit dir zu tun. Der Bürgermeister hat wieder rumgemeckert. Dieses Mal mit Manou Kowald. Das stimmt mich immer ein wenig traurig, dieses Gemeckere. Keine Sorge, ansonsten geht es mir gut." Helmuts Strahlen kehrte zurück. Mit seinen schaufelartigen Händen griff er nach der Tasse und leerte das Getränk mit großen Schlucken. Es war immer wieder ein Schauspiel, wie Helmut sein Gesicht verzog, wenn er den Kaffee schluckte. Lisa musste schmunzeln, sie war der festen Überzeugung, dass Helmut die schwarze Brühe nur ihr zuliebe trank. „Ach Helmut, du bist mein Held", sagte sie und tätschelte ihm liebevoll die Schulter. Ein Blick auf die Bahnhofsuhr, die über der Tür hing, veranlasste auch Lisa ihren Kaffeebecher zu leeren. Punkt 9.30 Uhr am Morgen, die Frühstückspause war beendet. Lisa Bongard kehrte pflichtbewusst an ihren Arbeitsplatz zurück. Sie war stets bemüht alle Regeln und Verpflichtungen einzuhalten, um keinen Ärger heraufzubeschwören. Schon gar nicht mit ihrer hoch geschätzten Kollegin Clarissa, die an Gehässigkeit und Spitzfindigkeit nicht zu überbieten war. Sie brauchte diese Anstellung, auch wenn die eine oder andere Gefälligkeit gegenüber dem großen Boss sie anwiderte. „Helmut, sei mir nicht böse, aber ich muss weiterarbeiten." „Ich auch", antwortete Helmut stammelnd und verließ mit einem zufriedenen Lächeln den Raum.

Manou eilte durch die Korridore, um zu ihrem Büro im ersten Stock zu gelangen. Sie ging geduckt und wünschte sich, sie könnte mit den Holzpaneelen, die die Wände bedeckten, eins werden, um unerkannt ins rettende Bauamt zu verschwinden. Als sie Schritte auf sich zukommen hörte, schlug ihr Herz schneller. Für einen Bruchteil von Sekunden war sie versucht, einfach in die entgegengesetzte Richtung davonzueilen. Doch sie entschied sich dagegen, beschleunigte ihre Schritte, um die paar Meter bis zur ersehnten Tür schneller zurückzulegen. Ihr stand nicht der Sinn nach Konversation. Drei Meter, zwei Meter, ein Meter. Geschafft! Ihre Hand umklammerte die Türklinge. „Na, hat wohl ne saftige Abreibung gegeben, woll?" Manou schwieg. Das Schicksal hatte sich gegen sie verschworen. Wie sonst war zu erklären, dass von den unzähligen

Angestellten, die ihre Arbeit im Rathaus verrichteten, ausgerechnet dieses Individuum ihre Wege kreuzen musste. Sie presste ihren Kiefer zusammen, um nichts Unüberlegtes zu sagen. In ihrem Innern brodelte es wie in einem schlafenden Vulkan. „Da flattert bestimmt eine Abmahnung ins Haus." Mit seinen Händen unterstrich er seine Äußerung, indem er ein Blatt Papier vor ihrem Gesicht auf- und abbewegte. Kevin Schultz, Schultz mit tz, war ein Depp. Zu ihrem Bedauern war der Zeitpunkt ungeeignet, ihm die Wahrheit in die gebräunte Visage zu brüllen. „Tja, der Alte kann schon ein sturer Hund sein und erwartet gern die ein oder andere Gefälligkeit, besonders von der Damenwelt. Da ist die Versuchung groß, ihn mit seinem geliebten Kerzenständer zu erschlagen. Das wäre noch nicht einmal ..." Den Rest seines Geschwätzes schluckte die Tür, die sie geräuschvoll zugeschlagen hatte. Mit großen Schritten eilte sie zu ihrem Büro. Unruhig öffnete sie die Tür. „Gott sei Dank", murmelte sie. Niemand da. Ihre Kollegin Marita hatte es sich zur Gewohnheit gemacht, tagtäglich ein kleines Schwätzchen zu halten. Als Chefsekretärin des großen Häuptlings im Rathaus konnte sie es sich erlauben, ab und zu aus dem Büro zu verschwinden, da sie ohnehin ständig Dinge für ihn zu erledigen hatte. Perfekt, um das Nützliche mit dem Angenehmen zu verbinden. Sie mochte Marita sehr, aber seit ihr Ehemann sie verlassen hatte, verlief ihre gemeinsame Konversation immer auf „Warum hat er mich verlassen?" hinaus. Heute hatte sie keine Lust, anderer Leute Probleme zu wälzen. Sie hatte Probleme genug. Manou schleppte sich zu ihrem Bürostuhl. Wie ein nasser Sack ließ sie sich in den Ledersessel fallen. Sie drehte den Sessel hin und her, her und hin und starrte dabei in die Luft. Sie, Manou Kowald, war der aktuelle Gesprächsstoff in der Verwaltung. Überall, wo sie Kollegen begegnete, spürte sie deren Blicke. Hörte das Getuschel, wenn sie in einer Gruppe zusammenstanden. Manou weinte, nicht aus Trauer, sondern vor Wut und Erschöpfung. Ihr einziges Verbrechen bestand darin, dass sie ihrem Chef mitgeteilt hatte, sie sei nicht damit einverstanden, ein anderes Aufgabengebiet zu übernehmen. Sie war zufrieden im Bauamt und hegte kein Interesse daran, in die Registratur zu wechseln. Das Wort wirbelte immer noch durch ihren Schädel. „ARBEITSVERWEIGERUNG! Das ist Arbeitsverweigerung. Und das von Ihnen. Meine Liebe, das wird ein Nachspiel geben." Er hatte gebrüllt und geschrien mit einer Energie, dass Außenstehende glauben mussten, sie allein sei für die Diskussion verantwortlich, die um das leidliche Thema „Motte" entbrannt war. Die Motte, eine Turmhügelburg, wurde im Jahre 1355 niedergebrannt. Als solch ein Exemplar vor Jahren auf einer Mittelalterausstellung in Herne zur Besichtigung frei stand, sah sich ein Bürger aus Neuenrade veranlasst, dieses Exponat für Küntrop zu erwerben - als späte Wiedergutmachung. Diese eigentlich nette Geste stieß auf wenig Gegenliebe in Küntrop und hatte zu etlichen Diskussionen geführt. Unbewusst, in ihren Gedanken versunken, hatte sie nach einem Kuli gegriffen und etwas gezeichnet. Sie erschrak, zitterte und schmiss den Kugelschreiber zur Seite. Dann zerknüllte sie das Papier, auf dem ein Kerzenständer zu erkennen war.

Clarissa hatte indessen die Pforte, Erikas Domizil, erreicht, hockte auf den Fliesen und begutachtete ihre manikürten Fingernägel, während Erika auf allen vieren auf dem Boden herumkrabbelte, um die gelben Plastikmüllsäcke in das Regal unter die Theke zu räumen. „Du meinst das doch nicht ernst, was du gerade gesagt hast", empörte sich Erika. Für einen Schwerhörigen wirkte der Empfang leer und verwaist. „Ach was", sagte Clarissa, „ jeder weiß doch, dass unser werter Bürgermeister dieses monströse Silberteil anhimmelt. Angeblich ein uraltes Familienstück. Sag bloß, du hast noch nie daran gedacht, ihm während seiner Tobsuchtsanfälle den Kerzenständer über den Schädel zu schlagen?" Schlagartig unterbrach Erika ihre Tätigkeit und starrte ihr Gegenüber an, als habe diese gerade verkündet, dass das Aussehen für sie nur eine sekundäre Rolle spielte. „Nein, ich habe niemals solche Gedanken gehegt ..." „Du lügst!", unterbrach sie Clarissa, „gerade *du* hast einen Grund." „Ich weiß nicht, was du damit meinst", erwiderte Erika schnippisch und warf die verbliebenen Rollen mit Wucht in das Regal. Diese Reaktion, die ihr beim Kegeln sicherlich alle neune gesichert hätte, führte in diesem Fall zu einer Lawine. Rolle für Rolle kullerte aus dem Regal und bevölkerte den Boden zu ihren Füßen. „MIST!", brüllte Erika, packte einen der „Übeltäter" und stanzte mit ihren Fingernägeln Löcher in die dünne Folie. „Ach komm schon. Ist doch bekannt, dass er dich hat abblitzen lassen." „Quatsch", tönte Erika und malträtierte weiterhin die Plastiksäcke, „ist deine Pause nicht zu Ende?" „Entschuldigen Sie, kann ich hier gelbe Müllsäcke bekommen?" Erika blickte auf und schaute in das faltenreiche Gesicht eines grau melierten Mannes, der sich über den Empfang lehnte. Wutentbrannt schnappte sie sich eine ungestanzte Rolle, stand auf wie Phönix aus der Asche und knallte die Müllbeutel auf die Theke. Der Mann zuckte erschrocken zusammen. „Hier bitte, sonst noch einen Wunsch?" Für einen Augenblick stand der Mund des Herrn offen, und Erika konnte seine tadellosen Dritten bewundern. „Sonst noch was ...?", wiederholte Erika sichtlich bemüht, nicht in unschöne Wortbereiche abzudriften. „Ich darf mich erst einmal verabschieden", flötete Clarissa, öffnete die Tür des Empfangs, der mit seiner Rundumverglasung an ein Aquarium erinnerte. Unten Holzvertäfelung, oben Glas und eine rechteckige Öffnung, mit der Empfangsdame Erika den Kontakt zur Außenwelt pflegte. Irgendein Witzbold hatte vor Jahren ein Schild angebracht, auf dem mit roten Lettern „Bitte nicht füttern" prangte. Dieser Spaß, damals Gesprächsthema Nummer eins in der Verwaltung, hatte Erika sichtlich missfallen. Zu ihrem Verdruss wurde der Schuldige niemals gefasst. „Was hat die Dame gesagt?", erkundigte sich der Alte und blickte über seine Brillengläser. „Ich sehe keine Dame", antwortete Erika, „sonst noch einen Wunsch?" „Sie sollten die Bürger mit etwas mehr Freundlichkeit behandeln. Sonst sehe ich mich gezwungen Herrn Hellmann zu informieren. Der weiß, was sich gehört. Ein echter Gentleman." „Pah", murmelte Erika, „nett, Gentleman. Ich sage nur Armleuchter." „Was bedeutet das?" Erschrocken wirbelte Erika herum und blickte in das Vollmondgesicht von Helmut. „Ach du? Hast mir gerade noch gefehlt. Na ja, Armleuchter ist nur eine Redensart. Und nun entschuldigt mich alle." Nachdem sie den alten Herrn noch ein „Gehaben sie sich wohl" zuhauchte, verschwand sie nach unten in die Tiefen des „Aquariums".


Regen platschte an die Windschutzscheibe seines Wagens. Die Scheibenwischer mühten sich redlich, den typischen Sauerländerregen in Schach zu halten. Das stetige Hämmern des Regens und die Titelmelodie einer amerikanischen Krimiserie, die Verbrechern in Miami das Handwerk legte, dienten dazu, Hauptkommissar Frank Bösterling auf den neuen Fall einzustimmen. Neuenrade war nicht mit Miami zu vergleichen, doch spielte es eine Rolle, wo das Verbrechen zuschlug? Trotz der schlechten Sicht trug er wie immer seine Sonnenbrille. Er lenkte sein Fahrzeug über die Erste Straße in Neuenrade, an der Kreuzung Kirche/Sparkasse bog er rechts in die Mühlenstraße ab. Schon bald erreichte er das imposante Backsteingebäude. Seit er von dem tödlichen Sturz des Bürgermeisters Konrad Hellmann gehört hatte, beschlich ihn dieses untrügliche Gefühl, dass an der Unfalltheorie etwas nicht stimmte. Am Ziel angelangt, sah er bereits den dunkelgrünen Kleinwagen seines Kollegen Sven Grünberg. Nein, auch in der Kollegenwahl gab es keine Parallele zur Krimiserie. Keine langbeinige Blondine oder rassige Dunkelhaarige als Assistentin, keinen Sixpack-Kollegen, sondern Grünberg, Spross einer Ursauerlandfamilie aus Altenaffeln. „Morgen, Chef. Es ist alles vorbereitet." „Gut, gut!", antwortete Frank Bösterling, stieg aus seinem Geländewagen und schritt zur Rathaustür. Der Anflug eines Lächelns huschte über seine Lippen, als er hörte, wie sein Kollege hinter ihm hereilte wie ein gehorsamer Hund. Frank Bösterling flößte so viel Vertrauen ein, wie sein Gegenstück aus CSI Miami. Wenn ein Bösterling sagte: „Kein Problem", dann wagte niemand, seine Aussage anzuzweifeln. Bewunderer behaupteten gar, er sei das Vorbild für die Krimiserie, während Neider ihn als aufgeblasenen Wichtigtuer verspotteten. „In welchem Zimmer haben Sie die Verdächtigen versammelt?" „Im Trauzimmer", keuchte Sven, dessen Körpermasse bei derartigen Geschwindigkeiten stets ein gewisses Handicap darstellte. Als Frank Bösterling abrupt stoppte, war Sven Grünberg überfordert, er rammte seinen Chef, wie die Titanic den Eisberg. „Verdammt,

Grünberg! Passen sie doch auf!" „Tut mir echt leid, Chef. Ich meine ..." „Schon gut, schon gut", beruhigte ihn Frank Bösterling, „meine Schuld", ein kurzer Ruck an seiner Sonnenbrille und schon schien der Schmerz vergessen. „Bevor wir uns in den Käfig der Löwen wagen, möchte ich den Tatort sichten."


„Wie lange sollen wir denn noch im Trauzimmer rumsitzen?", nörgelte Clarissa und überprüfte den Sitz ihrer Frisur in der hochglanzpolierten Oberfläche des Tisches, um den sie kauerten wie die Hühner auf der Stange. Lisa zuckte nur mit den Schultern und tippte mit flinken Fingern eine Nummer in ihr Handy. Helmut, ausgerüstet mit Papier und Buntstiften, malte eine Frühlingswiese, während Kevin Schultz als Einziger herumrannte. „Haben Sie Hummeln im Hintern", keifte Erika, „Sie machen mich nervös." „Ich wusste nicht, dass ich bei Ihnen eine Chance habe." Erika schnaubte missbilligend. „Keine Angst, selbst wenn Sie das letzte männliche Wesen auf diesem Planeten wären - selbst dann würde ich Sie verschmähen." Manou, die bisher alle Mitstreiter nur schweigend angestarrt hatte, lachte auf. „Sieh an, sieh an. Das findet unsere Hauptverdächtige lustig. Unsere Kerzenständermörderin." Das Blut in Manous Adern gefror, ihr Kiefer klappte auf und zu, ohne dass ein Wort aus ihrem Mund drang. „Haha", kicherte Helmut, „Kerzenständer, das ist bestimmt auch nur so eine Redensart wie Armleuchter. Hihihi." „Das ist ja nicht zum Aushalten", schnaubte Kevin Schultz, „ich bin von Deppen umgeben." „Ich verbiete mir solche Äußerungen", erwiderte Clarissa, wobei sich ihre Stimme vor lauter Empörung etwas schrill anhörte. Die Hände in die Hüften gestemmt, baute sie sich vor Sachbearbeiter Schultz auf. Ihre Körbchengröße D bebte vor Wut. „Oh, jetzt habe ich aber Angst. Wollen sie mich mit den Dingern erschlagen?" Wie auf ein geheimes Kommando sprang Helmut auf, sein Stuhl kippte zu Boden. „Ich kann helfen! Ich bin ein Held!" Manou beobachtete diese groteske Situation wie ein Statist am Spielfeldrand. Sie war im Raum und doch nicht anwesend. Seit der direkten Beschuldigung als Mörderin war in ihrem Innern etwas zerbrochen. Dass diese selbst ernannte Königin sie als Killerin bezeichnet hatte, war von zweitrangiger Bedeutung. Das Schlimmste war: Niemand, noch nicht einmal ihre Kollegin Marita, mit der sie mehr als eine kollegiale Freundschaft verband, hatte dieser Behauptung widersprochen.

Am liebsten hätte er die Verhöre am Tatort abgehalten, doch die Spurensicherung war noch damit beschäftigt, Beweismittel zu sammeln. Daher musste Hauptkommissar Bösterling mit dem ihm zugewiesenen Büro Vorlieb nehmen. Nach und nach arbeiteten sie die Liste der Verdächtigen ab, die einzeln zu einer kurzen Befragung gebeten wurden. „Wer ist der Nächste?", fragte er seinen Kollegen Grünberg, dessen Körpermassen dem

Schreibtischstuhl bei jeder seiner Bewegungen ein Krächzen und Stöhnen entriss, das in Bösterlings Ohren wie ein Hilferuf klang. „Der Nächste", stammelte Grünberg. „Gibt es ein Problem? Sie selbst haben doch alle infrage kommenden Personen mit Anschrift, Alter, Tätigkeit, Alibi aufgeführt." „Das ist richtig", antwortete Sven Grünberg mit Stolz in der Stimme, dass jeder Außenstehende annehmen musste, er habe für seine vollbrachte Leistung zumindest eine Nominierung für den Nobelpreis verdient, „aber als Nächste steht eine Frau auf meiner Liste. Sie sagten aber der Nächste ..." Frank Bösterling seufzte. Es war einer dieser Momente, in denen er sich eine langbeinige Schöne mit Verstand als Assistentin herbeisehnte. Als er seine Brille für einen Moment in den Händen wiegte, bevor er seine Augen wieder bedeckte, überkam ihn die Erinnerung an ein Seminar vor einem Jahr. Das kurze Absetzen seiner Sonnenbrille hatte dort die Teilnehmer zusammenzucken lassen, da man in Fachkreisen erzählte, er besäße die Augen der Medusa. Mit einem Lächeln auf den Lippen wandte er sich an Grünberg. „Haben Sie keine Angst, Grünberg?" „Vor wem, Chef?" „Vor der Medusa?" „Ist das der Vorname der nächsten Dame?" „Mein lieber Grünberg, womit habe ich Sie nur verdient?" Doch selbst dieser mit Ironie gewürzte Vorwurf prallte an Sven Grünberg ab, wie ein an die Wand geworfener Gummiball. „Tja, Chefchen wir sind eben ein Dreamteam." „Dreamteam, ach so. Na ja, dann schaffen Sie mir die Frau Marita Hillmann hierher. Und die, die bereits ihre Aussage zu Protokoll gegeben haben, schicken sie bitte nach Hause. Bekommen Sie das hin, Grünberg?" „Aber natürlich, Chef", erwiderte Grünberg pflichtbewusst. Eilte zur Tür, die er schwungvoll aufriss. Bedauerlichweise wurde sein Elan von seinem Fuß gebremst, und durch die Verkettung von unglücklichen Umständen von seiner Stirn, die unsanft das Eichenholz berührte. „Aua", schrie er auf. „Ach, Grünberg. Sie sind ein Genie. Ihr Unterhaltungswert ist nicht zu überbieten." Humpelnd, eine Hand an der geröteten Stirn, verließ Grünberg den Raum mit den Worten: „Wie ich schon sagte, Chef. Wir sind eben ein Dreamteam."

Das Rathausgebäude hatte sie bereits hinter sich gelassen. Immer noch klopfte ihr Herz so laut, dass das Geräusch in ihren Ohren widerhallte. Sie hoffte, dass diese Witzfigur von Polizist ihre Aufgeregtheit nicht bemerkt hatte, als er ihnen mitteilte, wer von ihnen nach Hause gehen könnte. Etwas verstohlen wischte sie die schwitzigen Handflächen an der Kleidung ab. Nur nicht zurückblicken, einfach weitergehen. Was sollte schon passieren? Als sie an der Gerichtslinde vorbeieilte, ein ca. 900 Jahre alter Baum, unter dem im Mittelalter das Dorfgericht getagt hatte, überkam sie ein kurzer Anflug von Schuld. Aber war sie schuldig im Sinne der Anklage? War es nicht vielmehr eine Fügung des Schicksals gewesen. Eine Gelegenheit, die sie ergriffen hatte, um die Menschheit von diesem Despoten zu befreien. Es war ein gutes Gefühl, allerdings beunruhigte sie diese Regung. War es nicht eine Sünde, einen Triumph zu fühlen, wenn man einen Menschen ins Jenseits befördert hatte. Nein, stopp, keinen Menschen - einen Tyrannen. Abgesehen davon, hatte sie nur beendet, was andere begonnen hatten. Allerdings inakkurat ausgeführt, sie hasste schlampige Arbeit. Wie hatte er sich auch über sie lustig machen können. Er hatte nicht das Recht gehabt, sie eine aufgetakelte Fregatte zu nennen. Sie, die Königin des Rathauses.

Sie stand am Fenster und starrte in die Nacht hinaus. Ab und zu brauste ein Auto über die Bahnhofstraße, ein Aufflackern der Scheinwerfer, das Röhren des Motors, dann wieder Stille. Totenstille. Regentropfen prasselten an die Scheibe und spielten ihre eigene Melodie. Zweimal hatte man sie verhört und noch immer war die Anspannung allgegenwärtig. Fast greifbar und real wie die Gardine, die das Fenster vor neugierigen Blicken von außen schützte. An Schlaf war nicht zu denken. Immer wenn sie die Augen geschlossen hatte, war er da. Sein Geist, der sie heimsuchte. Unruhig hatte sie sich hin- und hergewälzt, bis sie beschloss, aufzustehen. Da saß sie nun. Allein, wer sollte auch bei ihr sein? „Aua", hatte er gesagt, als das Fenster, vom Wind gepackt, ihn sanft am Hinterkopf berührte. Stehen Sie da nicht so rum, schließen Sie das verdammte Ding, bevor es mir noch den Schädel einschlägt!" Sie hatte einen

Moment gezögert. Warum sollte sie das Fenster schließen? Konnte dieser eingebildete Kerl nicht selber aufstehen. Sie war es leid, sich bevormunden zu lassen. „Was ist los? Kommen Sie jetzt? Sie sind wirklich zu nichts zu gebrauchen?!“ Das nächste, an das sie sich erinnern konnte, war Blut. Rubinrote Flüssigkeit, die den silbernen Kerzenständer benetzte und den Holzrahmen des Fensters. Faszination und Entsetzen ließen sie erstarren. Blut sickerte aus zwei Platzwunden. Dort wo der Kopf auf den Kerzenständer geprallt war und die andere am Hinterkopf, an der das Fenster seinen Abdruck hinterlassen hatte. Was hatte sie getan? Aber wieso hatte er auch gesagt, sie sei zu nichts zu gebrauchen. Dieselben Worte, mit denen ihr Ehemann sie verlassen hatte, vor 21 Tagen, 19 Stunden und 17 Minuten. Nun saß sie in ihrer Küche ... allein. Schritte im Treppenhaus ließen ihre Hände zittern, ihre Nerven zum Zerreißen gespannt. Sie kommen, sie kommen. Nein, sie würde sich nicht abholen lassen. Niemand sollte sie je wieder bevormunden. Sie allein wollte bestimmen, sie allein ... Ihr Blick haftete auf dem Messerblock, der neben der Spüle stand. Sie lachte. Nein, niemand sollte sie je wieder bevormunden ... Mit festen Schritten ging sie zur Spüle, wählte eines der Messer und setzte sich wieder an den Tisch. Einen Moment beobachtete sie den Lebenssaft, der durch den Schnitt nach draußen strömte, bis eine bleierne Müdigkeit von ihr Besitz ergriff. Mit einem Lächeln auf den Lippen sackte sie zusammen.

„Der Fall ist erledigt", posaunte Grünberg und schlug den Deckel der Akte zu, „die Täterin hat sich das Leben genommen. Ihre Fingerabdrücke wurden am Tatort sichergestellt und der Verlust ihres ..." Kommissar Bösterling starrte seinen Kollegen an, als lauschte er andächtig seinen Worten, doch in Wahrheit war das Gerede nichts weiter als dieses störende Geräusch, das sein Autoradio machte, wenn es die Frequenz verlor. Die Nachricht hatte sie in den frühen Morgenstunden erreicht. Anstatt zum Rathaus zu fahren, hatten sie in der Bahnhofstraße haltgemacht. Mittlerweile waren sie im Büro des Rathauses angelangt, um ihre Sachen zu packen. „Der Fall ist erledigt", wiederholte Grünberg wie ein nervender Papagei. Frank Bösterling starrte seinen Kollegen durch seine Sonnenbrille an, in Gedanken weit entfernt, durchwühlte die potenzielle Täterkartei auf der Suche nach ... Tja, auf der Suche nach was? Alles schien eindeutig. Die Fingerabdrücke, der Tathergang, das Geständnis durch den vom Pathologen bestätigten Selbstmord. Und doch ... Da war dieses Gefühl, diese Ahnung, das ... „Chef! Chef!" Kollege Grünberg wirkte euphorisch, dass Kommissar Bösterling für den Bruchteil von Sekunden annahm, neue Indizien hätten seine Zweifel gestärkt. Doch er hatte sich getäuscht. „Chef wir haben einen neuen Fall. Leiche am Schombergturm aufgefunden. Dieser Aussichtsturm an der „Wilden Wiese", Sie wissen doch ..." „Ich weiß", unterbrach ihn Bösterling

unwirsch, „wo das ist. In der Nähe gibt es ein
sehr gutes Restaurant. Wer ist der Tote?“ „Noch
ist nichts Näheres bekannt. Vielleicht ist es wieder nur ein Unfall oder ein Selbstmord. Aber die
Zentrale meint, wir sollten uns das Ganze mal anschauen, da der Fall in Neuenrade abgeschlossen
ist.“ Kaum ausgesprochen, ergriff Grünberg seine
Jacke, kramte seine Utensilien vom Schreibtisch
zusammen. Aufgeregt wie ein Hund und bepackt
wie ein Esel starrte er Bösterling erwartungsvoll
an. „A b g e s c h l o s s e n“, murmelte dieser und
erhob sich in Zeitlupentempo. Irgendwie hatte
dieses Wort einen bitteren Nachgeschmack. Aber
wie er es auch drehte und wendete, er konnte keinen Ermittlungsfehler erkennen. Vielleicht würde
ihn der neue Fall auf andere Gedanken bringen.
„Nun gut, Grünberg gehen wir“, sagte Bösterling
und öffnete die Tür. „Hoppla!“, zwitscherte Clarissa Winter und präsentierte ein filmreifes Lächeln. „Sie sind mir aber ein Stürmischer, verehr-
ter Kommissar.“ Beladen mit ein paar Schnellhef-
tern stand sie im Flur und strahlte ihn an. Sie hat
gelauscht, dachte Bösterling, doch es war nur ein
Gedanke, der nicht zu beweisen war. „Entschuldigen Sie. Ich wollte Ihnen nicht zu nahe treten“,
erwiderte er stattdessen. „Das ist aber schade“,
antwortete sie mit einem süffisanten Lächeln, das
ihn an eine Gottesanbeterin erinnerte, die nach
dem Liebesakt ihr Männchen verschlingt. „Chef“,
erklang eine leidende Stimme aus dem Hinter-
grund. Doch Kommissar Bösterling hatte nur Augen für Clarissa, deren Gesichtszüge sich ruck-

artig änderten. Die Fröhlichkeit wich, wurde abgelöst von Traurigkeit. „Ich kann es noch gar nicht fassen, dass meine Kollegin Marita ... Gut, ich meine, sie war in letzter Zeit ziemlich depressiv ... Aber den Bürgermeister umzubringen und sich dann anschließend das Leben zu nehmen? Tja, man schaut den Leuten immer nur vor den Kopf." „Tja, das ist wahr", antwortete er. „Chef, ich möchte ja nicht stören", keuchte es hinter ihm. Bösterling schaute sich um und blickte in das hochrote Gesicht seines Kollegen, dem die Last der Ordner sichtlich zu schaffen machte. „Ich möchte Sie auf keinen Fall aufhalten", lächelte Clarissa, „vielleicht sehen wir uns mal wieder." „Möglich", antwortete Bössterling und hatte wieder dieses eigenartige Gefühl, etwas übersehen zu haben. Gedankenverloren schaute er ihr nach, wie sie sich entfernte. Stolz und anmutig wie eine Königin, die ihren Untertanen erlaubt, einen Blick auf sie zu erhaschen. Er musste schmunzeln. „Perfektion bis ins kleinste Detail", murmelte Bösterling und dachte an die Befragung zurück. „Ich hasse schlampige Arbeit!", hatte sie mehrfach betont und dieser Satz, hatte sich eingebrannt. Doch er konnte nicht sagen, warum diese Aussage ihn immer und immer wieder in den Sinn kam. „Hmh", murmelte er, „ich hasse schlampige Arbeit." Dann eilte er hinaus, dicht gefolgt von einem keuchenden Sven Grünberg.

Norbert Rickenbrock

## Die spitzgedackelte Vergeltung
## (Tatort Lendringsen)

„Wau! Gut, dass es solche Einrichtungen gibt! Es fehlt ja eigentlich auch an nichts hier bei der Mendener Tierhilfe in Oberrödinghausen. Das Fressen kommt pünktlich! Sauber gemacht wird auch immer! So oft, dass es schon fast lästig wird. Die Betreuer wechseln zwar häufig, sind aber alle ganz nett. Nur, wenn sie auffällig höflich sind und gar noch mit einem Leckerchen ankommen, muss man vorsichtig sein. Dann haben sie oft irgendetwas da hineingemischt, was letztlich ganz scheußlich schmeckt.
Das habe ich, der kleine verwaiste Hundewelpe, schon herausgefunden.
Fremde Leute kommen auch oft vorbei. Sie schlendern durch die Gänge, schauen hier und da in die Käfige und fachsimpeln dabei, als ob sie alle Bernhard Grzimek hießen oder „Brehms Tierleben" geschrieben hätten.
 Aber dann gehen sie ein paar Boxen weiter auf die große Dogge „Beauty" zu oder zu den kleinen Welpen mit den krummen Haxen von Dackel „Bienchen". Für mich interessiert sich anscheinend niemand. Dabei habe auch ich schon bessere Zeiten in meinem jungen Hundeleben erfahren. Aber der Vermieter meiner vorigen Besitzer duldete keine Tiere im Haus und so wurde ich kurzerhand einfach ins Tierheim abgeschoben."

So saß der kleine Hund mit hängenden Ohren da und träumte von Tagen, als er noch unbeschwert in einer Wohnung mit den Kindern spielen durfte. Sein Empfinden änderte sich schlagartig, als die nette ältere Dame vorbeikam, ihn ansah und lächelte. Ja, sie liebkoste ihn so warmherzig, wie er es noch nie erlebt hatte. Seine Augen leuchteten auf einmal und die Ohren richteten sich auf, als ob sie wunderbare Stimmen aus dem Jenseits vernehmen könnten.

Sofort war er Feuer und Flamme, kläffte vergnügt und machte einen Freudensprung à la Tsukahara rückwärts, wie ihn Fabian Hambüchen auch nicht besser hinbekommen hätte.

Er durfte mit der netten Dame nach draußen gehen. Durch die Tür, die immer verschlossen war. Selbst wenn die Betreuer ein und ausgingen, gab es kein Entrinnen. Sie drehten eine Runde auf dem Hof und gingen dann zusammen ins Haus. Dort unterhielt sich die nette Dame mit den Betreuern. Es dauerte zwar etwas lange, aber dann ging es nicht wieder zurück in die Box, sondern schnurstracks der Hönne entlang Richtung Lendringsen.

Auf ihre letzte Frage: „Was frisst er denn besonders gerne? Oder mit welchem Leckerli kann ich ihm eine Freude bereiten?“, antwortete die Vermittlerin: „Ach, wissen Sie, der ist so genügsam, der frisst eigentlich alles. Aber wenn ich es genau überlege, gebratene Leber mag er besonders gern!"

„Gebratene Leber!", das war ein Fingerzeig. Auf dem Weg nach Hause in die Brabecker Weide machten sie erst noch einen Umweg zum Metzger Hillebrand. „Leber, für zwei Personen und einen Hund!"

Als sie endlich nach Hause kamen und sie ihrem Mann freudestrahlend den neuen Mitbewohner auf dem Arm präsentierte, erstarrte dieser fast vor Entsetzen.

„Das hat uns gerade noch gefehlt! Ein Köter im Haus. Und ausgerechnet so eine spitzgedackelte Foxterrier-Promenadenmischung!"

Das saß. Fassungslos, nicht imstande auch nur ein Wort hervorzubringen, starrte sie ihren Mann an. Mit so einer Reaktion hatte sie nun wirklich nicht gerechnet.

„Das Eine lass dir gesagt sein, um das Vieh kümmerst du dich, wenn es überhaupt im Hause bleibt, ganz alleine. Vor allem um seine Sauberkeit! Boah, mir ist bei dem schrecklichen Anblick schon jetzt so, als ob ich Flöhe hätte. Auch seine Fresserei und Unterkunft sind allein dein Ding. Sonst könnte es nämlich leicht passieren, dass er eines Tages verreckt im Straßengraben liegt. Und die Erziehung erst! Der ist ja noch so saublöd und weiß Gott, was er für gigantische Formen annimmt, wenn er mal ausgewachsen ist. Das ist mir alles piepegal und geht an mir vorbei wie Sebastian Vettel beim Rennen auf dem Nürburgring. Und nun schaff mir erst mal die Töle *aus den Augen. Ich will ja schließlich ohne Ekelgefühle mein Mittagessen einnehmen!"*

*Ach ja, das Mittagessen. Weil das alles nicht so schnell in Oberrödinghausen abgegangen war, war es schon weit nach dreizehn Uhr geworden. Das Kennenlernen, die Formalitäten, aber auch eine kleine Anweisung mit Tipps über den Umgang mit Hunden, hatte sie sich aufmerksam angehört. Natürlich wollte sie, aber da dachte sie noch, ihr Mann würde sich freuen und das gerne übernehmen, mit ihrem neuen Liebling auf dem Hundeplatz am alten Bauhof weitere Erfahrungen sammeln.*

*Als nun die Leber schön brutzelnd in der Pfanne schmurgelte und ihre köstlichen Düfte durch die Wohnung schwebten, war es für ihren angetrauten Ehegatten zu viel.*

*„Sag mal, willst du mich umbringen? Willst du bei meiner hochgradigen Gicht bei mir einen Anfall provozieren? Ich habe die Faxen dicke, ich gehe in die Bieberstuben und esse was Vernünftiges! Mahlzeit!!"*

*Schlug die Tür hinter sich zu und war weg.*

*So reagierte ihr Mann also auf die freudige Überraschung, die sie ihm mit dem Hund bereiten wollte.*

*Sie beabsichtigte doch nur, dass er sich jetzt im Ruhestand etwas mehr bewegen konnte und mehr Abwechslung bekam.*

*Auf ihrem fast dreitausend Quadratmeter großen Grundstück war ja genug Platz für einen hundegerechten Auslauf. Und auch die Kinder des*

Nachbarn würden sicher helle Freude empfinden.
Sie hatte es sich so schön ausgemalt.
Ihre eigenen Kinder waren ja schon lange aus
dem Haus und sie sehnte sich so sehr nach etwas
mehr Lebendigkeit. Nicht nur wenn die Enkel für
ein paar Tage in den Sommerferien zu Besuch
kamen.
Konsterniert schnappte sie sich das kleine Bündel
von Hund und trug es in ihr Nähzimmer, in dem
sie so gerne ihrem Hobby nachging und Puppen
und Teddybären aus Stoff fertigte.
Ja, verstehen Hunde wirklich alles? Bekommen
sie alles mit, was sich die Menschen sagen?
Oder, wie gerade erst, an den Kopf werfen?


Der Hund, der eben noch so quietschfidel war
und durch beherztes Kläffen seine Freude zum
Ausdruck brachte, saß nun steif und mit hängenden Ohren da und rührte sich nicht vom Fleck.
Wie vor drei Stunden noch, als er eingepfercht
bei der Mendener Tierhilfe leben musste.


Die Augen wieder aufschlagend hörte der ver-
störte Welpe zu, wie Frauchen zu ihm sagte:
„Nimm's nicht tragisch, vielleicht meint er es gar
nicht so. Er wird sich sicher bald an dich gewöh-
nen und ihr werdet gute Freunde sein. Aber erst
brauchst du noch einen Namen. Einen richtig
schönen, der zu dir passt." Und schon leuchteten
seine Augen wieder und er bellte so vergnügt, wie
bei ihrer ersten Begegnung. Kläff, kläff, kläff,
sprudelte es wieder aus ihm heraus und er schlug

*dabei einen Purzelbaum. Leider war er nicht so
richtig geglückt und er landete mit seiner Nase
unsanft auf dem Fußboden.*
*„Ja, jetzt weiß ich wie wir dich nennen: Toll-
patsch, der Name passt zu dir."*


Nachdem einige Wochen vergangen waren, hatte
ich, Tollpatsch, längst herausgefunden, dass ich
zwar leidlich geduldet, aber von Herrchen nicht
geliebt wurde. Wir gingen uns einfach aus dem
Weg. Das war das Beste. Das Grundstück war ja
groß genug und Frauchen konnte sich so köstlich
amüsieren, wenn ich, zugegeben zuerst recht toll-
patschig, meine Kapriolen schlug. Herrchen frei-
lich machte mich für alles verantwortlich, wenn
etwas schiefgegangen war. War es der Rechen,
den er an den Apfelbaum gelehnt, aber dann vergessen hatte und der vom Wind umgestürzt war,
bin ich es gewesen, der ihn durch mein wildes
Treiben umgestoßen hatte.
Herrchen war natürlich so ungeschickt darauf getreten, dass der Stiel ihn voll ins Gesicht traf und
er eine dicke Beule an der Stirn davon trug. Hi,
hi, hi, ein inneres Lachen konnte ich mir nicht
verkneifen. Geschieht ihm recht!!
Suchte er nach einem Schuh, oder einer Socke,
bin ich es immer gewesen, der alles verschlampt
haben musste. Ich! Der in seinen Augen nichts
anderes als Unsinn im Kopf haben musste! Das
war für Herrchen nun mal Fakt.
Wieder verging eine gewisse Zeit.

Der Alte wurde immer aggressiver, nicht nur mir gegenüber.

Auch Frauchen hatte zunehmend unter seinen cholerischen Anfällen zu leiden.

Sie konnte ihm nichts recht machen und immer öfter war ich der Anlass für neue Streitereien.

Meine Zähne waren mittlerweile zwar so weit entwickelt, dass ich keine Angst mehr vor dem Unmenschen zu haben brauchte. Die Zeiten waren vorbei, als ich fluchtartig die Stätte verlassen musste, wenn er einen Schuh oder, was er sonst gerade in die Hände bekam, nach mir geworfen hatte.

Das Kräfteverhältnis zwischen dem Tyrannen und mir hatte sich zu meinen Gunsten verbessert!

Oft musste ich mich richtig zurückhalten, wenn er mal wieder über das Essen nörgelte. Oder wenn sein Hemd nicht so faltenfrei gebügelt war, wie er sich das vorgestellt hatte, und Frauchen darunter leiden musste. Sie tut mir bei seinen ehrabschneidenden Intrigenspielen ja so leid! Wie ist sie bloß an so einen großkotzigen Despoten geraten? Er soll es bloß nicht wagen, gar einmal handgreiflich zu werden! Dann werde ich die schützenden Gene, die ich offenbar von einem wachsamen Schäferhund mitbekommen habe, sicher nicht mehr im Zaum halten können und eingreifen. Das befürchtete ich. Nein, das wusste ich ganz genau!

Heute, an einem wunderschönen Septembermorgen, sind wir gemeinsam mit dem Bus nach

Menden zum Wochenmarkt gefahren. Frauchen legt immer großen Wert auf frisches Gemüse. Das Ekel grantelte zwar zuerst herum, ist aber letztlich doch mitgefahren. Natürlich, das hatte ich sofort vermutet, wollte sie sich auch die Auslagen mit der neuen Herbst- und Wintermode in den Schaufenstern anschauen. Auf dem Gebiet ist Menden den Lendringsern nun mal überlegen. Der Alte meinte, er habe für das langweilige Gegucke nichts übrig, und kehrte ins nächste Gasthaus ein.

Er rief noch über die Schulter zurück: „Um 12 Uhr, mit dem zweiundzwanziger Bus bei Roths Büdeken!" Und dann war er auch schon verschwunden.

Gerne wären wir noch ein bisschen länger durch die Straßen geschlendert, aber auf einmal rief Frauchen: „Was? Schon Viertel vor zwölf? Komm Tollpatsch, wir müssen uns beeilen, um pünktlich an der Haltestelle zu sein!"

Aber wer war nicht da? Ich hätte es mir ja denken können: Das alte Scheusal!!

Kurz bevor der nächste Bus ankam, sahen wir ihn aber am Hönnegraben ankommen. Torkelte er etwa?

„Verflixt", sprach er, „ich habe meine Zigaretten vergessen, geh mal eben zum Büdeken und hole mir welche." War auch seine Stimme nicht mehr so ganz deutlich?

„Dann übernimm du bitte solange die Hundeleine, denn der Bus wird gleich kommen", meinte

Frauchen und beeilte sich, dem Kotzbrocken seinen Wunsch zu erfüllen. An der Bushaltestelle waren mittlerweile viele Fahrgäste zugegen, denn außer nach Lendringsen, kann man hier auch nach Hemer und Iserlohn umsteigen.

Im Gedränge muss der Alte wohl Platzangst bekommen haben, denn er machte auf einmal einen Ausfallschritt nach rechts. Offenbar meinte er wohl, ich hätte ihn angerempelt, denn er trat gehörig auf mich ein. Aber so etwas war ich ja gewohnt.

Ich wich im Bogen zur Seite aus, was folglich seine Beinfreiheit durch die Leine sehr beeinflusste. Er wurde noch wütender!

Wie durch höhere Gewalt reagierte ich nur noch auf meinen angeborenen Instinkt. Ich spürte seine Hilflosigkeit und rannte mit aller Kraft auf die Fahrbahn. Er stürzte zu Boden, der Bus stoppte abrupt. Zu spät!

Der Hausherr war nicht mehr zu retten.


Entsetzt liefen alle Umherstehenden zusammen, um zu helfen, wie man nach so einem tragischen Geschehen noch helfen kann. Alle redeten von einem schrecklichen Unfall.

Ein Unfall?

Ein Staatsanwalt würde beim Menschen wohl einen heimtückischen Mord anklagen.

Ich würde es eher eine schon längst überfällige Befreiung einer unterjochten, liebenswürdigen Person nennen.

Doch die Natur sagt: Das war ein zum Überleben wichtiger Urinstinkt.

Einen Knast für Hunde gibt es ja schließlich nicht.

Gabi Strötgen

**Der Kreislauf des Lebens
– natürlich und umweltbewusst
(Tatort Lüdenscheid)**

„Prösterchen, ihr Lieben!" Alwine Brömmelkamp stand etwas wackelig, bekleidet nur mit einem überdimensional großen Badeanzug, in einem Holzbottich, hob das schon leicht beschlagene Glas mit ihrem selbstgemachten Beerenlikör und prostete ihren Freundinnen zu. Dann sank sie in ihren Badezuber zurück und seufzte: „Ach, ihr könnt euch gar nich vorstellen, wat et für mich bedeutet, hier mit euch zu sein. Getz, wo mein Soffilein, meine gute alte Freundin, nach Amerika wech is, hab ich doch nur noch euch." Alwine teilte sich gerne in einer unnachahmlichen Mischung aus sauerländischem und ruhrpöttischem Platt mit und fuhr unbeirrt fort: „Da bin ich richtich froh dadrüber, dat ich euch hab, dat könnt ihr man glauben. Und dat wir immer so schön zusammen einen hinter die Binde kippen können! Also, Herz, wat willse mehr!" Sie grinste glücklich und ihre Freundinnen Elfriede Kasupke, Eulalia von Rommelsberg und Apolonia Krähenhaupt taten es ihr nach, kippten mit gekonntem Schwung ebenfalls ihre Likörchen hinunter und blickten genüsslich in die Runde.
Alwine goss sich noch einen ein und reichte die Flasche weiter. „Lasst uns noch ein Weilchen weiterdampfen und uns dann später von unserer

molligen Berta durchkneten. Verdient haben
wir`s!"

„Alwinchen, da sprichst du ein wahres Wort." Elfriede nickte ihr zu und fuhr dann fort: „Und
wenn wir nach Bertas Massage hier fertig sind,
nehmen wir noch einen Absacker bei mir zu Hause! Was haltet ihr davon? Schließlich habe ich ein
neues Projekt anvisiert und möchte das heute
Abend mit euch besprechen." Mit vor Hitze geröteten Gesichtern murmelten sie ihre Zustimmung.
Allwöchentlich kamen die vier Freundinnen im
Saunadorf in Lüdenscheid zusammen und ließen
es sich für ein paar Stunden richtig gut gehen.
Nach finnischer Sauna und antiquierten, aber
wirkungsvollen Dampfbottichen, in denen man
bis zum Hals eingepfercht saß, begaben sie sich
in die heilenden Hände von Berta, der hausansäs-
sigen Masseurin. Ihre zupackenden Hände stri-
chen und kneteten jede Muskelverspannung einfach weg und hinterließen ein wohliges Gefühl
der Entspannung.

„Nach gelungenem Tagewerk möge sich der
rechtschaffene und strebsame Mensch bei etwas
Kurzweil in Wärme und Dampf verdient entspannen", warf Eulalia von Rommelsberg in die Runde.

„Eula, ich hätt et nich besser ausdrücken können." Alwine nickte Eulalia, die von ihren Freundinnen liebevoll Eula oder Eule genannt wurde,
bewundernd zu. „Du siehs nich nur vornehm aus,
du kannst auch immer so schön vornehm daher-
reden, dat man ganz neidisch werden tut!" Eulalia

zuckte etwas zusammen ob der unkorrekten Ausdrucksweise Alwines, war sie selbst doch eine hochwohlgeborene und gebildete Tochter mit preußischen Wurzeln. Ihr Ururgroßvater war sogar Geheimrat in Preußen gewesen, worauf sie besonders stolz war. Mit ihrer Bildung galt sie als die gelehrte und besonnene in der Vierergruppe, die überlegt und mit Bedacht agierte, immer angemessenen Tones war und nie die Contenance verlor. Ganz im Gegensatz zu Alwine, die so sprach, wie ihr der Schnabel gewachsen war: „Also, wie isset, Mädels, hören wir uns an, wat Elfi so zu erzählen hat? Ich freu mich schon auf 'ne neue Idee und bin voller Tatendrang. Wie steht`s mit euch?"

„Also, ich bin dabei, ihr könnt euch auf mich verlassen", meldete sich auch Apolonia zu Wort.

„Meine Damen, ganz wie ihr meint. Heute Abend noch einen Umtrunk bei Elfriede und dann sehen wir weiter", stimmte Eulalia ebenfalls zu.

Die vier schlossen noch ein Weilchen die Augen und schwelgten in Erinnerungen.

Das ungewöhnliche Damenquartett betrieb nicht nur das gemeinsame Hobby des Saunierens, nein, es hatte sich zur Aufgabe gemacht, alles Unrecht der Welt, dessen es ansichtig wurde, aus ebendieser zu schaffen. Die Freundinnen waren einhellig der Meinung, dass das größte Übel der Menschheit von egoistischen, unaufmerksamen, besserwisserischen männlichen Exemplaren ausging. Aufgrund eigener Erfahrungen mit treulosen, am Essen herumnörgelnden und Unmengen von Bier

saufenden Ehemännern kamen sie überein, dass
es für viele Frauen besser wäre, ein glückliches
Singledasein zu führen und die Vorteile des früh-
zeitigen Ablebens jener zu genießen.
Diese gemeinsame Erkenntnis war die Grundlage
ihrer außergewöhnlichen Freundschaft. Die vier
Damen schrieben sich das Ausmerzen der sogenannten „Ausbremser" auf die Fahne und arbeiteten ein „Projekt" nach dem anderen ab. Das be-
deutete im Klartext: Keine Frau sollte mehr der
emotionalen Verwahrlosung und psychischen
Vereinsamung, der männlichen Unaufmerksam-
keit und Dominanz ausgesetzt sein, weshalb die
Devise galt: Gefahr erkannt, Gefahr gebannt!
„Zeitnah", „Schnell", „Effektiv", „Unbemerkt",
„Relativ schmerzlos", waren die Schlagwörter,
die ihre „Arbeit" beschrieben.
Erschlagen, Vergiften, Ersticken und Ähnliches
waren die Mittel, derer sie sich bedienten.
„Aber, wie beschrieb das so schön Herr Hahne-
mann, der Begründer der Homöopathie?", pflegte
Eulalia immer zu sagen: „Man muss Gleiches mit
Gleichem behandeln, dann tritt die Heilung ein!"
Mit diesem Grundsatz konnten alle vier ihr Ge-
wissen etwas beruhigen, vor allem Eulalia selbst.
Denn aufgrund ihrer Erziehung wollte sie eigentlich kein Blut an den Fingern kleben haben. Dann
doch schon eher an ihren Lederhandschuhen von
Gucci. Und das war ja irgendwie nicht dasselbe.
Sie hatte schon vor Jahren durch einen – im
wahrsten Sinne des Wortes – Befreiungsschlag
ihre Lebensqualität verbessert, indem sie ihren

unausstehlichen Gemahl beim plötzlichen Ableben etwas nachhalf. Dieser stand nach überstandenem, schwerem grippalen Infekt zufällig günstig an der obersten Stufe der Marmortreppe ihrer Villa an der Parkstrasse in Lüdenscheid. Mit wild gestikulierenden Armen wollte er zu wiederholendem Nörgeln ansetzen und sowohl seine Frau als auch die Bediensteten befehligen, als eine Hand von hinten mit einem kleinen Schubser seine Beleidigungen beendete. Auch das Personal gab hinterher bei der kurzen polizeilichen Ermittlung zu Protokoll, dass Herr von Rommelsberg viel zu früh sein Krankenlager verlassen habe und sehr wackelig auf den Beinen gewesen sei. Demnach lautete die offizielle Todesursache: Tod durch Genickbruch nach Sturz. Wie gut, dass Eulalia sich nicht auch noch um das leidige Loswerden der Leiche kümmern musste.

Ihr neues Lebensgefühl bewirkte, dass sie willens war, anderen Frauen auch endlich ein schönes Leben zu ermöglichen. Zufällig lernte sie bei einer Tupperparty Elfriede und Apolonia kennen, die wiederum mit Alwine bekannt waren. So erfuhr sie von deren bedauernswerten Lebensläufen.

Alwine zum Beispiel hatte zeit ihres Lebens nur unschöne Erfahrungen mit dem sogenannten starken Geschlecht gemacht. Seit ihrer Kindheit wurde sie wegen ihres seltsamen Aussehens aufs Schlimmste gehänselt. So traumatisiert blieb sie bis heute ledig, worüber sie sehr froh war, sah sie doch überall die zwischenmenschlichen Tragödien in den Partnerschaften. Für sie war das Singledasein tröstlich. Das wiederum für andere Frauen möglich zu machen, hielt sie für eine löbliche und vertrauensvolle Aufgabe. Nach dem Motto: Alwine hilft, wo sie nur kann!

Elfriede war seit ein paar Monaten glücklich verwitwet. Sie hatte mit ihrem Ehemann Ernst-Alfons eine alt eingesessene Metzgerei im Zentrum Lüdenscheids geführt. Aber nur noch als Arbeitstier angesehen, fühlte sie sich schon seit Jahren ausgenutzt und total vernachlässigt. An den letzten Blumenstrauß konnte sie sich fast überhaupt nicht mehr erinnern, geschweige denn, dass Ernst-Alfons sie mal am Hochzeitstag zum Essen ausgeführt hätte. Den vergaß er nämlich regelmäßig. So kam es, wie es kommen musste: Eines Tages sah sie beim Wursten ihre Chance gekommen. Ernst-Alfons hing mit beiden Armen bis zu den Ellbogen in der Fleischfarce, als Elfriede „aus Versehen" den Schalter der Wurstmaschine zu früh bediente. Es gab ein unschönes knurpselndes Geräusch und Ernst-Alfons blutete aus. Da Elfriede eine pragmatisch denkende Frau war, überlegte sie noch, ob sie das Wurstangebot in ihrer Auslage um die „Blutwurst mit der besonderen Note" erweitern sollte oder nicht. Aus ästhetischen Gründen verzichtete sie dann aber doch darauf. Sie hielt sich nicht lange in Untätigkeit auf, behielt einen kühlen Kopf und wuchtete erstmal ihren toten Gemahl unter Schwerstarbeit in die große Gefriertruhe. So übers Wochenende tiefgefroren, konnte sie ihn dann besser über die

Knochensäge schieben. Portioniert und praktisch verpackt wurde er, mit Gewichten beschwert, der Lenne zugeführt. Elfriede hoffte, dass er so wenigstens noch schmackhaftes Fischfutter abgab. Und schließlich fand sie es tröstlich, da er früher immer schon mal über eine spätere Seebestattung nachgedacht hatte.

Also Herz, was willst du mehr?!

Als Apolonia seinerzeit die Geschichten ihrer Freundinnen gehört hatte, war sie ebenfalls froh, Leidensgenossinnen und verständnisvolle Mitstreiterinnen gefunden zu haben. Sie „beklagte" erst seit Kurzem den erleichternden Verlust ihres Mannes Adalbert und konnte sich über die neue Lebenslage freuen. Wenn sie an ihre verloren gegangene Gärtnerei und Baumschule in Heedfeld dachte, ein traditionelles Familienunternehmen, das ihr treuloser Ehemann in den Konkurs geführt und das gesamte Vermögen veruntreut hatte, kamen ihr natürlich noch die Tränen. Auch die Schmach, das Aufdecken des langjährigen Verhältnisses ihres Mannes mit seiner Sekretärin, ertragen zu müssen, überstieg erst ihre Kräfte. Anfänglich vermochte sie noch nicht über eine Problemlösung nachzudenken und drohte, in Selbstmitleid zu versinken.

Sie erinnerte sich jedoch an das schon länger verbotene Unkrautvernichtungsmittel E 605, das einsam und verlassen in ihrem Keller lag und nun einer neuen Bestimmung zugeführt werden konnte. Hilfreich war die Tatsache, dass Adalberts Leibgericht Apolonias legendärer Schweinebraten war. Da konnte er sich einfach nicht beherrschen, obwohl sein Hausarzt immer wieder gewarnt hatte, zu viel Fleisch sei ungesund! Er sollte Recht behalten. Nun gab es nur noch die kleine Schwierigkeit der Entsorgung. Aber ihr Entschluss stand fest: Sie wollte sich helfen lassen und beriet sich mit ihren Freundinnen.

Elfriedes Kommentar war: „Sei froh, dass er dir nicht so eine blutige Sauerei hinterlassen hat wie meiner! So, und jetzt wird erst mal wieder schockgefroren, dann sehen wir weiter!" Apolonia wollte ursprünglich den hauseigenen Schredder ihrer ehemaligen Gärtnerei, der eigentlich für grobe Äste zuständig war, bemühen. Schließlich hasste sie Dinge, die ungenutzt herumstanden. Aber sie disponierte um, da Elfriede ja schließlich immer noch, nach der Schließung ihrer Metzgerei, den instrumentellen Teil ihres ehemaligen Betriebes im Keller ihres Hauses in Lüdenscheid-Oeneking eingelagert hatte.

So war es dann auch ein Erlebnis für alle, sich um die Zerkleinerung von Apolonias schwerem Mann Adalbert zu kümmern. Mit geröteten fast fiebrigen Wangen und glänzenden Augen packten sie tatkräftig an. Es bedurfte eines gewissen Aufwandes, ihn fachgerecht über die Knochensäge zu schieben. Die große Anstrengung bestand darin, den gefrorenen wuchtigen Körper in der Waagerechten zu halten, damit fraktioniert gesägt werden und Adalbert portionsweise in blaue Müllsäcke verteilt werden konnte.

Mit diesen Einzelteilen, gut verpackt auf vier Rucksäcke, ging es dann mit großem Juchhei auf Wanderschaft. Eulalias Beziehungen zu hiesigen Jägern kam ihnen zugute. So wussten sie, wo sich bestimmte jagdliche Reviereinrichtungen befanden. Sie entsorgten die Einzelteile auf tief in den Waldrevieren liegenden Luderplätzen und hofften darauf, dass sich zuverlässige und hungrige Füchse, Marder, Wildschweine, etc. nächtens um den Rest kümmern würden und somit alle Corpora delicti in ihren nimmersatten Mägen verschwänden. Kontrollspaziergänge brachten auch positive Ergebnisse. Brave Tierchen!

So bereitete der Verstorbene auf natürliche Weise den Tieren eine Freude und kam selbst in den Kreislauf des Lebens beziehungsweise in die Nahrungskette zurück.

Welch eine schöne Vorstellung vom Leben nach dem Tod!

Es entstand ein äußerst effektiv arbeitendes Quartett und da nichts und niemand ihrer geschulten Aufmerksamkeit entging, kamen sie kaum mit der Arbeit nach und mussten ein „Projekt" nach dem andern abarbeiten.

So der Stand der Dinge, als die vier von der Wärme etwas ermüdet schwerfällig ihre Badezuber verließen und in flauschige Bademäntel gehüllt zur Massageabteilung trotteten.

„Also, dann werd ich mal den Anfang machen und meine ollen Knochen aufs Streckbett bequemen", sagte Alwine.

„Grüß dich, Berta. Nett, dasse Hand an mich legen wills." Berta zuckte nur mit den Schultern und wirkte eher abwesend, was für Bertas Verhältnisse unnormal war.

„Mensch Bertalein, du wirkst so niedergeschlagen. Wennze gezz nich gut dran bis, dann kannze mich auch noch nächste Woche durchwalken, is ährlich kein Problem!" Alwine sah sie mitfühlend an.

„Ach Alwine, was soll ich sagen? Körperlich fühle ich mich eigentlich noch ganz gut, aber seelisch halt, da ist es so lala. Es ist doch immer wieder dasselbe mit meinem Mann: Der ist so egoistisch, hat wiederholt den Hochzeitstag vergessen, hört mir nicht zu und wenn ich was sage, weiß er immer alles besser. Nörgelt nur am Essen rum und wenn ich mal eine neue Frisur habe, meint er nur: ´Schade ums Geld!` Aber er selbst säuft meiner Meinung nach viel zu viel Bier. Ich hab mir all die Jahre gesagt, solange er nicht rumsabbert und anfängt zu müffeln, geht`s noch. Aber eigentlich geht`s wirklich nicht mehr! Nee, Alwine, ich will dir nicht die Ohren volljammern, hab ich ja schließlich schon letzte Woche bei Elfriede getan!"

Aha, Elfriedes neues Projekt, dachte Alwine und laut sagte sie: „Weisse Berta, nur nich den Kopp hängen lassen. Pass ma auf, wir helfen dir, wär doch gelacht, wenn wir keine Lösung finden täten! Berta, wat hälze davon, wenn wir fünf ma einen richtich schönen langen Waldspaziergang machen! Jede von uns mit Rucksack und Ver-

pflegung und so, dat kann so richtich erholsam
sein. Du wirs et sehen! Und anschließend stoßen
wir alle mit meinem Likörchen auf bessere Zeiten
an. Wat meinze?!"

Maja Vandenwald

## Krimi Nummer 71

Er schnippelt täglich im OP,
heilt Menschen in Narkose,
da tut es wenigstens nicht weh,
er schneidet alles lose.
Dann wird die Wunde gut vernäht,
die Schwester übernimmt,
damit es wieder besser geht
und auch der Blutdruck stimmt.
Doch neulich lag auf seinem Tisch
sein größter Konkurrent.
Der Blinddarm war nicht mehr ganz frisch
und wurde abgetrennt.
Dann hat er heimlich, mit Bedacht,
und keiner hat´s gecheckt,
in dessen Darm ein Loch gemacht,
daran ist er verreckt.

# Die Mords-Autoren

**Baumeister, Uta** - Jahrgang 1965, lebt mit ihrer Familie in Balve-Volkringhausen. Sie ist als freie Journalistin und Autorin tätig und engagiert sich in verschiedenen kulturtreibenden Vereinen.

**Grünebaum, Martina** – Jahrgang 1968, lebt mit ihrer Familie in Küntrop, wo sie sich intensiv ihrem Hobby widmet: dem Schreiben. Veröffentlichungen: Anthologie ‚Weibergeschichten 2008‘; Kurzgeschichten in Zeitschriften 2010 und 2011.

**Kallweit, Frank** – 1961 das Licht der Welt erblickt, Lebensmittelpunkt seit 1980 in Menden, Veröffentlichungen: ‚Sehnsucht heißt deine Straße' (1996, Litera Buchverlag); ‚Am Ende einer Straße' (1997, Fouqué Literaturverlag), 1998 Initiator der Anthologie ‚Zwischen Himmel & Hönne', 2000 Headteam des Romanprojektes ‚Zu nah um fern zu sein', 2001 Veröffentlichungen in der Anthologie ‚Lyrik und Prosa', weitere Texte in div. Anthologien folgten.

**Lesniak, Birgit** - 1967 in Oberhausen geboren, lebt seit 2003 in Balve-Volkringhausen, fühlt sich als „echte" Sauerländerin, neben ihrer journalistischen Tätigkeit absolvierte sie das Studium „Kreatives Schreiben".

**Luga, Jürgen** – geb. 1961 in Werdohl, lebt und arbeitet heute in Dortmund. Er textet als Fachredakteur seit Ende der Neunziger für Geld und dichtet für lau. 2009 schloss er sich den Mörderischen Sauerländern an, ‚Tod in Berentrop' ist seine erste Veröffentlichung in diesem Kreise. 2010 bescherte ihm ein Platz unter den fünf Besten seiner Altersgruppe die Veröffentlichung seines Wettbewerbbeitrags in der Anthologie ‚Sprung'.

**Rickenbrock, Norbert** – Lendringser ‚Poalbürger', Veröffentlichungen: ‚Gedichte, Dönekes und andere Gereimtheiten aus Lendringsen' (Selbstverlag), gereimte Anekdoten in Wortspiel-Anthologien, Mitautor zweier Chroniken (Umsetzung als Theateraufführungen)

**Schumann, Gabriele** - lebt mehr als 30 Jahre in Menden, zwei erwachsene Söhne, Veröffentlichungen: 1998 Anthologie ‚Zwischen Himmel & Hönne', 2000 Kapitel 3 des Romans ‚Zu nah um fern zu sein'.

**Spieckermann, Ulrike** - lebt in Menden, Schwerpunkt humoristische Versdichtung, mehrmalige Teilnahme an der Ausschreibung des Wilhelm-Busch-Preises, Veröffentlichung jeweils im Buch der besten Beiträge.

**Strötgen, Gabi** - Jahrgang 1964, mitunter auch als Alwine Brömmelkamp bekannt, lebt mit ihrer Familie in Neuenrade. Dort ist sie nicht nur als Hebamme, sondern auch als neuestes Mitglied der ‚Mörderischen Sauerländer' unterwegs.

**Vandenwald, Maja** - Witwe des Staatsanwalts Berthold Vandenwald, lebt am Rande von Menden allein in einer schmucken Villa. Die vielen Verbrechen, von denen sie im Laufe ihrer Ehe hörte, verarbeitet sie zu mundgerechten Häppchen in gereimter Form. Der Übersicht halber nummeriert sie ihre Krimis.

<u>Alle BÄNDE in Ihrer Buchhandlung</u>:


Mörderische Sauerländer
ISBN 978-3-935500-07-4  Preis 9,98 €


Mörderische Sauerländer - Schlag 2
ISBN 978-3-935500-08-1  Preis 9,98 €


Mörderische Sauerländer - Schlag 3
ISBN 978-3-935500-09-8  Preis 9,98 €


Mörderische Sauerländer - Schlag 4
ISBN 978-3-935500-10-4  Preis 9,98 €


Mörderische Sauerländer - Schlag 5
ISBN 978-3-935500-11-1  Preis 9,98 €


<u>Informationen im Internet</u>
WWW.KRIMI.IN

# MORDSVERGNÜGEN

- Szenen
- Spannung
- Spaß

Das Mörderische Programm
Der Mörderischen Sauerländer

Termine und mehr

www.Mörderische-Sauerländer.de